NF文庫
ノンフィクション

ルソン海軍設営隊戦記

残された生還者のつとめとして

岩崎敏夫

潮書房光人社

はしがき

なぜ今ごろ戦記ものを出すのか。すでにあの大戦から五十年を越えているではないか。いまさら戦争の悲惨さを述べ立てて、だから平和が大切なのだということなら、国民は聞き飽きた、という。そのうえ、なぜルソン島なのか。悲惨だったのはルソン島に限らない。ニューギニアも沖縄も広島も長崎も、いや東京大空襲もそうだった。いやいや、まだある。満州に放置された開拓民の家族、シベリア抑留の兵士も。

苦難は特攻隊の若者たちにも、艦隊の水兵たちにも、容赦なく襲いかかった。内地でも各地で凄惨な悲劇が繰り広げられた。そうだ、ルソン島の五十万の兵士、民間人の苦難もそのひとつなのだ。

だから、なぜ今ごろ戦記を出すのか。

答えは私が体験したからだとしか言いようがない。四百五十名余の二一九設営隊の中で、私を含めて四名だけが生還した。また、仮配属になったほぼ五百名の海軍一〇三施設部クラーク分遣隊では、八名の台湾工員しか残らなかった。

一体、こんな戦闘があるのだろうか。身の毛のよだつようなこんな恐ろしい体験を書き残すことによって、戦争を追体験して何の役にたつのだろうか。この本では、世上よく騒がれている加害者としての日本軍の姿はない。実際そんなものは体験しなかったのだ。

二一九設営隊の隊員はほとんどすべてが三十歳から四十歳で、一家の柱石だった人たちが徴用されて、大戦末期のフィリピンに設営隊として駆り出されたものである。大工さんは鋸《のこぎり》と鉋《かんな》をもち、土工の人たちはスコップをもって第一線でトロッコを押し、トンネルを作った。ダイナマイトの導火線はトンネル掘削のときに役立ったが、爆撃のときは防空壕の中で震えていた。しかも最後には食糧がなくなり、マラリアに冒され、弱った体力で熱帯のジャングルにひそんでいた。そしてフィリピンのゲリラに襲われて死んでいったのである。

こうした姿を読んだならば、日本軍の残虐とかそのほかのおぞましい事件の非難が、いかに的外れで英霊を冒瀆するものであるかがわかるであろう。あと余命幾ばくもない老人であるけれども、戦友たちの霊をとむらって、夕日のかなたに祈りを捧げたい。残された生還者のつとめとして、そのために戦争の実態を伝えたい。それがこの本を書いた動機である。

ルソン島の戦闘は、大別して山下将軍直率指揮下のバギオを中心とする北部戦線、クラーク周辺からザンバレス山塊を戦場とするクラーク戦線、マニラ、コレヒドールから東方山地よりインファンタに及ぶマニラ戦線に分けて行なわれた(1)。

このうち北部戦線からは比較的にまとまって終戦を迎えた部隊が多かったのか、戦闘記録が割に多いが、クラーク、マニラなど中部戦線ではきわめて厳しい状況であったためか、報告は寥々たるものである⑵。ことに建設という地味な任務をもつ設営隊や施設部の戦記は、クラーク戦線における三一八設の岡沢裕氏のもの⑶と北部戦線における一〇三施の西田三千男氏のもの⑷のみである。幸い、終戦直後に関係方面に提出した報告書や、手紙類の控えを保持していたのと、防衛庁の記録⑸ならびに、僅《わず》かの生存者の方たちよりの証言等を得ることができた。また中部戦線における他部隊の記録⑹⑺やアメリカ軍の内部雑誌⑻、アメリカ国内での出版物⑼⑽をすこしばかり入手できた。ことに第一線にあった参謀たちが、アメリカ軍の追及をかわして後世に伝えようとした真相の手記や、当時いわゆる軍極秘とされていた事項も使わせていただいた。

また、本書執筆の過程では、児島光雄、溝浜整、富岡衛、平松秀雄、故堂源一の諸氏に、ルソン戦の体験を教えていただいた。さらに防衛庁防衛研究所戦史部からは資料の閲覧、収集の便宜、転載の許可をいただいた。また馬屋原義之氏には、呉海軍設営隊戦友会関係資料をいただいた。それらがなかったら、ことに第二部は構成されなかった。

最後に、今回光人社のお世話で戦争の実態を一人でも多く知って欲しいという私の願いが叶うこととなった。あつく御礼申し上げる。

平成十四年初夏

西荻窪にて　著者しるす

ルソン海軍設営隊戦記——目次

写真提供／著者・雑誌「丸」編集部
米国立公文書館

ルソン海軍設営隊戦記

第一部――追想

第一章 タンボボ岬の沖にて

「らいせーき！」突然、ほとんど全甲板の見張りから、悲鳴のような絶叫が沸きあがった。

私は上甲板に近い士官個室で横になっていたが、すぐ起き上がってデッキに出た。

見ると、右舷の方から魚雷が迫っていたが、五百メートルくらい離れていたろう。

「面舵いっぱーい」船はタンタンタンと快調なエンジンの音を立てながら待避運動に入った。固唾《かたず》をのみながら見ていると、魚雷はうまい具合に右舷に並行に雷跡を立てながら、それていった。

「やった、やった」期せずして見張りも野次馬も叫ぶ。この時点では、皆の意識は魚雷を避けることに集中していた。

われわれの乗っていた輸送船香久丸《かぐまる》は、十四ノットという当時としては最高速の客船で欧州航路に就航していたものである。

時に昭和十九年十一月四日であった。私は九月二十日に海軍第二一九設営隊付きを命じられ、一ヵ月の慌《あわ》ただしい準備の後、当時としてはかなりの装備機材を調達して香久丸に積み込むことができ、張り切って呉を出航したのは十月二十四日であった。

この設営隊は軍人七十四名、文官十四名、工員三百六十二名、計四百五十名の、いわゆる工員設営隊であった。時にアメリカ軍はレイテ島まで迫っており、これに対処することが、当設営隊の任務であった。任地はマニラでわかるはずであった。昨夜はバシー海峡も無事通過し、サンフェルナンド沖に仮泊した。(11)

その夜のことだった。

「せっかくここまで無事に来れたのだから、副長、ここで荷物を揚陸するといいんだがね」

隊長の師田技大尉が強い近視の眼鏡をしばたかせながら、私に話しかけた。月明かりにすかすと、サンフェルナンドの桟橋はいかにも頼りなげであったが、そのような進路変更が可能なのかどうかも分からないし、隊長がどの程度に本気かどうかも察しかねて、私は生返事をしていた。

結局、我々は予定通り翌朝、マニラに向かって出発したのである。時に午後四時ころ、リンガエン湾を越えて今夜はマニラ湾に到着するというルソン島西海岸タンボボ岬沖合であった。我々は二隻の輸送艦と船団を組み、上空では友軍機が一機警戒にあたっていてくれていた。昼の陽光が眩しく海面に反射していた。

ものの五分も経ったろうか。またもや、「らいせーき！」の絶叫が起こった。今度は船は取り舵をとって、我々が固唾をのんでいるうちに、ふたたび魚雷はかすめさった。

「ざまあ見ろ。アメリカは魚雷の無駄をやりやがった」

われわれは快哉《かいさい》を叫んで、無事を喜んだ。

ものの十分くらいしたろうか。三度目の「らいせーき！」という絶叫。見ると、右舷に向かって十一本の雷跡が平行に襲ってきた。しかし、敵はよほど遠くにいて発射したらしく、魚雷は推進力を失って、海面に浮上するばかりになっており、速度もだいぶ衰えて、魚雷が来る前に香久丸は通過できると思われた。

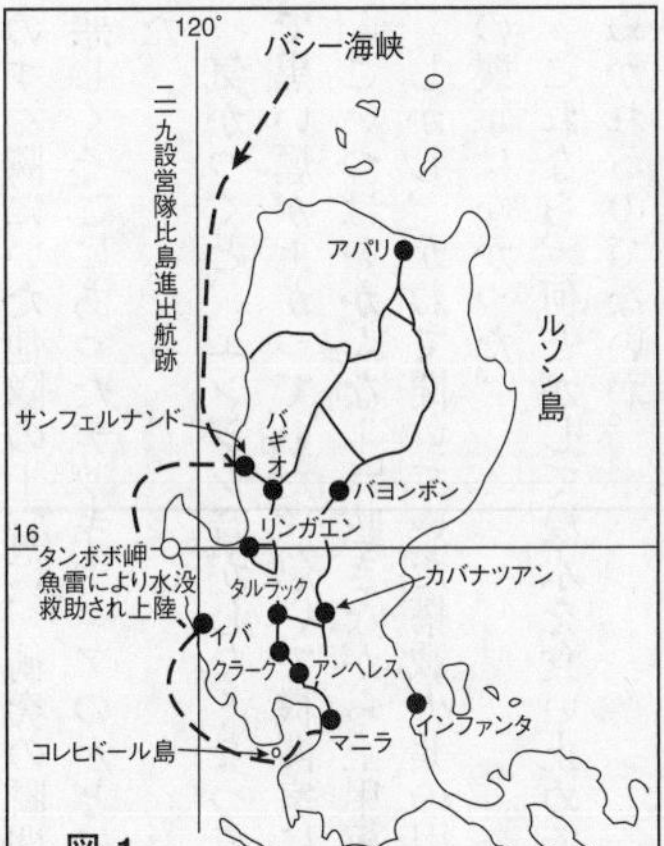

図-1
ルソン島とマニラ入港までの航跡(11)

　われわれがその様子を見まもっていた瞬間である。ずしーんという激しい衝撃。突然、航跡も何も見せないで、深いところで高速に一本の魚雷がぶっつかった。

　その衝撃で、私は頭を後ろにして倒された。同時に恐ろしいほど真っ黒な埃やごみが落ちてきた。しかし、私はどこにも怪我はなく、すぐ起きあがった。だが、驚いたことに、私のすぐ隣にいた他隊の士官は、衝突の瞬間に海を背にしたらしく、顔を前にして倒され、折悪しくそこにあったデッキチェアのかどに鼻骨の下を強打し、目を剝いて瞬時に事切れていた。

気がつくと、エンジン音がしなくなっていた。急いで上甲板に上がっていった。船尾の方で黒い煙が上がっていた。急いで機関室に走った。かまの横から白い湯気が吹き出ていた。

「こいつはいかんなー」呟きながら上甲板にとって返した。

しかし、かねて聞いていた搭載火薬の引火爆発は現時点ではない。それに、重ねての魚雷の襲撃はなかった。

これなら、何とかして浸水を食い止めて、今起こっている火災を食い止めれば、沈没をまぬかれるのでないか。

私は急いで隊長を探した。ところが、舷側では、すでに救命ボートを海面に降下させようとして、大騒ぎが始まっていた。無理もない。工員は三十歳から四十歳なかばの徴用工員で、すでに兵役を終え、妻子を抱えて一家の柱石であった人たちばかりであった。

大工、左官、隧道工、鍛冶工など設営の技能は優秀であったが、船舶乗り組みの訓練を経た人はいなかった。危険を顧《かえり》みず、浸水や火災に対処すべき訓練は何もなされてはいなかった。隊長もまた海軍技師だった人が時節柄、すすめられて最近、武官に転官したばかりであったから、海軍技術大尉といっても、内容は技師さんであった。

舷側でボートを下ろそうとしている騒ぎがエスカレートしていて、その中に隊長の姿も見

前列右端が青島見習尉官当時の著者。
後列右端の林良一君は沖縄で戦死した

えるではないか。おまけに皆慌てていて、ボートをつないだロープを解くのもままならない状況であった。

ようやく一隻のボートが海面に降下していった。タイタニック号の映画では、乗組員が舷側に梯子を下ろし、海面に浮かぶボートに乗りこむ順序は、船員の指示に従っていた。それでこそ秩序ある乗船と、犠牲を最小限にとどめることが可能となるはずであった。しかし、退船を指揮すべき船員も責任者もいなかった。設営隊の準備も一ヵ月に過ぎず、こうした訓練はまったくなされていなかった。

別のボートでは、一方のロープは解けたが、もう一方は解けずに、斜めにぶら下がっていた。皆、慌てている。

「副長、どうしよう」

大島技中尉が寄ってきた。彼は私と同じ青島の同期で、第二中隊長であった。

「小谷はどうしてる?」

小谷技少尉を探した。彼もやはり青島の同期で、第三中隊長であった。三人は少なくとも青島で技術科士官教育を受けており、軍人としての心構えはできていたつもりであった。すぐ背中で小谷の声がした。

「この混乱じゃあ、どうにもなりません。仕方ないですが、退船ですね」

陸岸は左方一キロメートルくらいのところにあった。われわれは周辺の工員たちに、できるだけ慌てないで、下船することを命じてから、ひとまず居室に装備を取りに戻った。

あとから考えると妙なことをしたものだと思うのだが、居室に備え付けの洋服ダンスの中に、高雄で積み込んだ羊羹《ようかん》が一杯あるのを思い出して、私は腹に巻き付けた千人針の中に、その羊羹をひとつかみ包み込んだ。多分、海に飛び込んで助かったとしたら、食糧の足しにはなるだろうくらいの知恵を働かしたつもりであった。

私は筑前黒田藩の家系で、軍刀には伝来の日本刀が仕込んであったので、これは大切に離さないつもりで腰に下げた。

支度が終わって上甲板にとって返した。どこの部隊か、軍艦旗をたてた陸戦隊の一分隊が、整列して退船の訓辞を聞いていた。粛然たる行動に一瞬、胸をつかれる思いであった。

隊員たちは、思い思いにハッチの蓋板を海に投げ込んでいた。これは海中では浮きになる。混乱の最中ではあったが、ボートも蓋板もあらかた海面に浮かんでいて、隊員たちも脱出した模様であった。大島も小谷も見えなかった。まだ陽は高かった。

私も最後になったようなので、退船することにした。火の手が船尾の方で上がり始めていた。しかし、船はまだ傾いてはいない。ただぐずぐずしていると、ボートにも乗れなくなり、蓋板にも摑《つか》まれないかも知れない。船が水中に没するとき、付近で泳いでいた者が一緒に巻き込まれるということも聞いていた。船団を組んでいた僚船も、護衛の友軍機も見えなかった。

はじめて恐怖心が走った。その瞬間には、敵の攻撃の恐怖はなかった。

私は上甲板から、一足飛びに海面に飛び込んだ。しばらく水中に潜っていたが、浮上したところにボートが見えた。舷側に手をかけると、誰《だれ》かが引き上げてくれた。

「やれやれ、助かった」ほっとする間もなかった。ボートには、つぎつぎと人々の手が摑まりに来る。ボートは乗船者の重みで、次第に沈み始めた。

「これ以上は乗れないぞ！」だれかが叫んでいる。それでも泳いでいる方は、必死で乗り込もうとする。

遂に転覆した。せっかく乗っていたのに、私も海中に放りだされた。

ボートは腹を上にした。こうなると、これを元の姿勢に直すことは、水面で泳いでいる者にとっては非常に困難である。二、三の者が試みていたが、どうにもならない。

私はあきらめて、ハッチの蓋板に摑まることにした。これとてもあまり大勢が摑まると、蓋板は沈んでしまう。それでもこの場合には、遅れて泳いで来た者は、見境なく摑まりには来なかった。結局、私を含めて九名がこの蓋板に摑まって、定員一杯ということになった。

すぐにだれかが叫んだ。

「一緒に力をあわせて、陸に向かって泳ごう」

「そうだ。先任者の指揮で力をあわせよう」

「誰が先任か？」

この会話から考えると、皆、水兵科で工員ではなかった。私は黙っていた。このような局面では、下士官か特進の少尉でないと、皆を引っ張ることは難しい。結局、兵曹長だか一曹だかが先任ということに決まって、力をあわせて陸に向かって泳ぎだしたのである。

水温は二十℃くらいで、始めはそう冷たくはなかった。片手で蓋板に摑まり、もう一方の手と足で皆で拍子をあわせて漕いだ。泳ぎ始めると、軍靴は水を蹴れないので脱ぎ捨てた。また、軍刀は重いので、はずして蓋板に載せておきたかったが、板自体が皆の重さで水面下に沈んでおり、皆辛うじて浮いている状態なので、とうとう海中に投棄してしまった。

香久丸の火の手はかなり大きくなっていたが、まだ浮かんでいた。岸にはじきに近づけると思っていたが、なかなかその距離は縮まらなかった。

あたりが次第に暗くなってきた。一生懸命蓋板を漕いでも、いくらも進まなかった。岸との距離はほとんど変わらなかった。周囲には沢山の兵や工員たちが浮かんでおり、やはり泳いでいた。そのため、心細いということはなかったが、どうも潮流のために流されているようであった。

月が出てきた。風はなく波はおだやかであった。夜のとばりが降り始めた頃、とうとう香久丸の火の手が大きくなって、静かに彼女は沈んでいった。

海面に浮かんでいた兵や工員たちから、静かな合唱が沸き上がった。

「海往かば、水づく屍《かばね》、山行かば、草むす屍、大君の、辺にこそ死なめ、顧みは、せじ」

嫋々《じようじよう》とした歌声は、女王香久丸を葬っての心情であったろうか。あるいは自分たちの覚悟を述べたものだったろうか。

懼《おそ》れていた鱶《ふか》の襲来はなかった。あまりの大勢なので、鱶の方が逃げていたもののようだった。泳ぎだしてから五時間くらいたったろうか。手足は疲れはてて、われわれは浮いているのが精一杯であった。水もさすがに冷たく感じていた。それでも人間の生存の意欲というのは強いものだった。あくまでも岸を目指しての泳ぎは止めなかった。

突然、船が近づいて来た。敵か味方か。泳ぎながらすかしていたら、

「おーい、こっちだ！」と泳いでいる仲間の声がする。どうやら救助に来てくれたらしい。船は数艘のようだった。

救助船は、しかしなかなかこちらには来てくれなかった。われわれはほぼ最後に水中に飛び込んでいたから、一番遠くの沖を泳いでいたようだった。そして救助は、岸に近い方から始まったようだった。

「おーい、こっちだ！」われわれも声を張り上げた。救助船の一艘が近づいてきた。

「泳げる者は自分で泳いで来い！」

船の上から叫んでいた。多分、あちこちに散らばっているので、これがこの際もっとも能率的だったのだろう。

私は船が二十メートルくらいに近づいたところで、蓋板を離して泳ぎだした。

船の近くまで泳ぎ着いたときである。船からロープが飛んできて頭に当たった。「助かった!」このときの嬉しさは五十五年たった今でも忘れられない。ロープに摑まって、船の上に引き上げられたのである。

救助は第三一特別根拠地隊サンタクルーズ連綴《れんてい》基地隊が行なってくれたものである。時に午後十時過ぎ。

そっと腹の羊羹を探って見た。羊羹はとけてしまっていて、千人針にわずかに付着していた。指でこさいで舐《な》めてみた。塩と僅かの砂糖の味が、口のすみっこにこびりついた。

月は落ちて、闇夜となっていた。

第二章　イバからマニラへ

われわれが収容されたのは、ルソン島西海岸のイバという町であった。町のたたずまいは平凡で平和な感じであった。夕刻になると、住民が夕涼みに外に出てきて話などしていた。何となく故郷を思い出したりした。

隊員の点呼をおこなったところ、兵員が三名、工員が二十八名、あわせて三十一名の犠牲者が出ていた。泳げなかったのか、摑まるうきがなかったのか、不運なことと胸が痛んだ。この中には十七歳くらいのいたいけな少年がいた。彼は志願して参加していたもので、東京出身で「ひち」を「しち」と発音していた。

「黙禱！」われわれは一同で彼らの冥福を祈った。

救助された朝は、とりあえず小学校に収容されたと思う。基地隊から乾パンの支給があった。

隊員たちは見るも哀れな格好で、休息していた。何しろ五時間におよぶ遊泳のあとだから、へとへとに疲れていた。どうやら大部分の隊員の生命《いのち》は助かったのだが、設営隊の資材は、すべて海没してしまった。これでは勇躍、内地を出発した意味がない。

「やれやれ、機材が海没してしまったんじゃあ、設営隊としては何もできませんね」

小谷少尉が話しかけてきた。彼は軍刀を佩《は》いていて、多くの中でひとり颯爽としていた。

「何をするにしても、まず部隊の糧食を調達しなきゃね」

主計長の児島主計中尉の声だった。明日以降の行動について、早急に方針を決めねばならない。主計長は、連絡をとるために基地隊に出かけていった。

軍医長の二ツ橋軍医中尉も元気だった。彼は香久丸からおろしたボートにいち早く乗り込んで、一番に上陸したそうだ。

「よくボートが沈まなかったものだ」と私はつぶやいた。あとで聞いたところでは、摑まりに来る者を何とか振り払ったそうだ。とんでもない剛毅なことをするものだ。人間としてモラルある者のすることじゃないと答えた。

隊長もいちはやくボートに乗っていたから、幹部では結局、大島技中尉と私が惨めな姿であったらしい。

午後、私たちは数名で海岸に出てみた。この日も天気が良くて、沖合いを味方の輸送船団が南下していた。その状況をなんの気なしに眺めていた。

「あっ、またやられた！」隣で眺めていた隊員のひとりが叫んだ。

見ると、船団の中の一艘から黒い煙が上がっている。容易ならぬ戦地に、われわれは来てしまっていることを痛感した。

「副長、呉を出るとき、さっそくこんなことになるなんて、思いもしませんでしたね」

角谷技手が話しかけてきた。彼も大柄な体格で、呉施設部では優秀なエンジニアであった。見るからに堂々としていて、こんな困難な環境ではひときわ頼もしかった。

私は呉軍港を出発するときの情景を思い出していた。

十月二十四日昼、私たちは呉海軍施設部裏の練兵場に隊伍をととのえて、一度、鎮守府の外側に出た。隊長に続いて、副長たる私。その後ろには室谷上曹の率いる水兵科二十九名、工作科十七名、技術科二名などよりなる本部付き下士官兵四十八名、日比野機曹長ほかの機関科よりなる運輸隊六名、二ツ橋軍医中尉の率いる衛生科よりなる医務隊六名、児島主計中尉の率いる主計科よりなる主計隊五名が続いていたので、軍艦旗を先頭に、威風堂々と乗船桟橋に向かって出陣の行進をおこなったつもりであった。

明るい午後の陽光が眩しかった。

軍人の部隊のあとに、工員の隊列が続いていた。第一中隊は木下兵曹長が指揮する技能工で、第二中隊は大島技術中尉が指揮する土工、第三中隊は小谷技術少尉の指揮する建築工であった。私は準備期間に名古屋にいって、日本刀を隊員の数だけ調達した。それは白木の鞘であったが、この日本刀を背中に斜めに負わせていた。

施設本部の回顧では、『岐阜県関町孫六系軍刀工場に連絡して設営隊資材伐採刀の名目で発注した』[12]（角南常雄氏文献）とあるので、行ったのは名古屋でなくて岐阜だったらしい。

「角谷技手。機材の積み込みは小屋浦だったかね？」
「天応に倉庫がありましたが、はしけの接岸には小屋浦が便利でした」
積み込みは二日ほど前までに完了していて、隊員は出発の朝は施設部に集結していた。呉施設部の庁舎の窓から、職員たちが鈴なりになって見送っていた。じつは戦後、復員して私の妻となるべき女性も、理事生として見送っていて、不思議な縁に結ばれていた。しかし、当時はまったく知る由もなかった。

家内の話によると、「あちこち全島玉砕の噂の聞こえるなか、白いものの交じった頭髪、それに肩を落とした後ろ姿に、言いようのない悲しみが起こり、だれ言うとなく皆が仕事を放り出して、小走りに桟橋まで見送った」のだそうだ。実際志願してきた十七、八の若い工員が少しばかりはいるが、大半は四十歳前後で一家の柱石だった人たちが多かった。兵たちも同様で、曹長クラスの上級者は数次の応召をへた年輩者で意気があがらなかった。

私たちは、桟橋からはしけに分乗して本船に乗ろうとした。見送りの職員たちの姿が次第に小さくなっていった。隊員たちは引き締まった顔つきであったが、沈痛な面持ちのように見えた。はしけの中で隊員たちを励ました。が、雷撃後に上陸した隊員は、だれも調達した日本刀を携えていなかった。

戦後五十五年たった今日、反省して見ると、まず申し訳ないと思うのは、なぜ日本刀でなくて救命具の手配をしなかったのか。そうすれば、水没して犠牲になった三十一名が幾分でも助かったのではなかったろうか。

しかし、当時は救命具などはなかった。今から考えると、潜水艦による多くの犠牲者が出ていたのだから、何かの施策は工夫しておくべきだったのだ。われわれの得ていた戦訓によれば、ボートまたは大発は、危急の場合ただちに海上に浮かべることのできる工夫をしておくべきだったのだ。たとえばボートは固縛などせずに、架台上に載せておくとか、大発も容易に浮かべるようにするとかしておかねばならなかった。

比島進出直前の送別記念写真。前列中央が著者

つぎに師田隊長がサンフェルナンドですぐ荷揚げしようかと呟いた言葉である。この海域では、毎日のように潜水艦に襲われている。[13] 戦後の記録によると、前夜の十一月二日にも、バシー海峡で「あとらす丸」「はんぶるぐ丸」が、魚雷で沈められている。だから機材を少しでも多く揚陸することが、当時もっとも重要だったのでないか。あの時点で艦隊司令部に無電を発して、荷揚げの許可をもらえなかったか。ただ香久丸には、われわれの知らない他部隊も乗っていた。

これも反省の弁に過ぎないが、異なった任務や指揮系統に所属する諸隊が、お互いに何の相談もなく同乗していた。またいくら軍事機密とはいえ、輸送船が毎日のように同じ水域で撃沈されているといった情報をわれわれに隠してしまうと、荷揚げするとか、その他の対策を発案するといった企画を思いつく機会すらあたえてもらえない。われわれは単にただの乗客の立場であった。だから、隊長の発案の実現は不可能であったろう。

翌六日朝、点呼のあとで児島光雄主計長がやってきて、今から停泊中の陸軍の水上輸送船に食糧の交渉に行くから、一緒に来てくれと言う。異論はないので、隊長の許可を得て、さっそく出かけた。援助の大筋について、説明していた。

突然、爆音と同時に「ダダダダ」という機銃音が来た。これが米軍機に狙われた初めての経験だった。

「ダダダダ」こちらもただちに応戦した。私は今まで腰かけていた椅子を持ち上げて、頭の上にかぶせた。何だか地震対策みたいだな、と苦笑した。主計長は色白の好男子であったが、あまり慌てずに私のすることを眺めていた。敵の襲撃に際会した場合、頼りになるのはこちらの武器のみで、これで一生懸命に打ち返すのが唯一の戦法である。

約十分で敵機はいなくなった。威力偵察だったらしい。

「主計長、明日、水上機が出るそうだから、一足先にマニラに飛んでくれ」

帰隊すると、隊長が命じていた。

つぎの日、主計長は一足先に水上機でマニラに飛び、しかし前後の脈絡もなしに、この付近で私は教会を訪ねている。どうしたのか、周囲は静かであって、教会の中もカトリックだったと思うのだが、マリア像があったように思う。

それともうひとつ。この記憶はあてにならないが、師田技大尉と土地の多分、有力者の邸宅に招待されたらしい。ゆったりとした邸宅で、綺麗な娘が食事のサービスをしてくれたような気がする。

そしてこれが初めてのフィリピン人との会話であった。たどたどしい英語ではあったが、当たり障《さわ》りのない話がはずんだ。

イバに四日間滞在した。いかにして設営隊を立て直すかが急務であった。

私たちは隊長以下、十一月七日夜、迎えに来た第一〇三哨戒艇に乗った。このとき艇長からジンのご馳走になり、感謝した。そして八日昼頃、やっとマニラに到着したのである。湾内には、多数の船が爆撃のために擱座していた。岸壁には、主計長が軍需部の車で迎えに来てくれていた。隊員は大島、小谷両中隊長の指揮のもとに案内されて宿舎に向かい、さっそく隊長と私は、市内は尉官旗のついた乗用車に乗って、第三一特別根拠地隊（以下三一特根と書く）の本部に向かった。

途中、ルネタ公園の前を通るとき、運転していた軍需部員が、「あれはフィリピンの独立運動で処刑された志士リサールの銅像ですよ」といった。私はなぜか感動した。学徒出身の青年技術科士官だったので、アジア各国が欧米列強の支配を脱するという大東亜聖戦の意義を素直に信じて、目的を実現したいと願っていたためであろう。

三一特根で申告をすませた。そのあと軍需部に回ったら、私の眼鏡ができていた。じつは香久丸から海に飛び込んだ際、なくしていたので、主計長が手回しよく軍需部に調達してくれていたのである。マニラでは、隊長、主計長と一緒に資材の調達のために走り回った。またまた空襲があったが、われわれからは遠かった。しかし、隊長は雨でも避けるように、泡を食って軒下に待避していた。

隊長と一緒に夜、海岸沿いの水交社に行った。

「副長、見ろよ」

食堂に入った途端、フィリピン人の女性の実業家が現われた。スペイン系の混血らしく目鼻立ちが美しかった。驚いた私は彼女の相手を見た。相手は軍需部だったのか、一〇三施設部の主計担当官だったのか。私には見当もつきかねた。彼らは軍需物資の納入の相談をしていた。

「全部入れるには、あと三ヵ月かかると言っています」

通訳らしい男の声がした。内地から来たばかりのわれわれにとっては、これには驚きを禁じ得なかった。スパイじゃないだろうかと不安だった。

とにかく設営隊の機材をさっそくに補充して、体制をととのえねばならない。

副長の職務は隊長を補佐するもので、隊員個々との接触は間接的だが、隊長にとっては副官のような役割である。

隊長の師田技大尉は京都大学出身の海軍技師だったのが、武官に転官した人である。大島技中尉も京都大学出身で、小谷技少尉は名古屋高専出身であった。この二人は、さきにも触れたが、私と青島同期の技術科三十三期、施設系二期である。技能工ばかり集めた第一中隊長には、木下兵曹長をあてていたが、この人は一度退役していたのが召集されたものであった。

われわれは第三一特別根拠地隊の指揮下に入り、ただちにコレヒドール島設営を命じられたのであった。仕事の内容は知らされなかった。資材、糧食等を受領するなど、数日をマニラで過ごした。

マニラの海岸通りからは、東洋の真珠といわれる美しい日没が見られた。コレヒドール島は夕日のかなたにかすかにかすんでいた。

第三章　設営隊について

「軍艦にも乗らない部隊が海軍にあったなんて、よく分かりませんね」

建設関係の会社で働いている六十歳台の知人のS君が、ある日、私に尋ねたことがある。

「飛行場をつくるための部隊だったのさ」

それで一応は納得するのだが、じつは主計科の海軍士官だった別の友人でも、設営隊の存在は初耳だったと戦後言っていたので、このことに触れてみたい。

実際、当の海軍でも大東亜戦争が始まる前には、設営隊が艦隊のなかに必要ということを考えた者はいなかった。

昭和二年に発足した海軍航空本部の技術部長だった山本五十六少将は、当時早くも国産でわが国独自の海軍機を設計、製作しようと考えたのだが、その着想は欧米に比べてそう遅くはなかった。しかし、飛行場を自前で建設する部隊のことなど、考えたこともないようであった。

「土木建築は、くりから紋々の土方や鳶がやることだ」という考えだったのではないだろうか。土方や鳶は気が荒く、背中に刺青《いれずみ》をした恐ろしい集団と考えられていた。それに反して、「海軍はスマートたるべし」

海軍士官は街に出るときは一種軍装に短剣を帯び、白手袋を着用して颯爽とすることをしつけられ、旅館は一流旅館、鉄道は二等（現在のグリーン車）と決められていた。だから、艦隊に土方が所属するなんて、格好がつかないと思ったに違いない。

飛行場は、戦前の国内では海軍施設部という役所の技師や技手たちが民間に発注し、監督して作らせていた。支那事変では、中国の飛行場を整備するのに、技術官に、「中華民国への出張を命ず」という辞令を出した。

さすがに請け負い工事とはいかなかったので、民間の業者から作業員を募集し、機材と一緒に戦地に送り込み、直営方式で工事をおこなった。この頃の様子を、藤後定雄元技術中佐が述べているが、中国に進攻した艦隊の指令を受けながら、付近の曳船、内火艇などの借用により器材、人員を揚陸するというものであった。(14)

大東亜戦争が始まった昭和十六年暮れから昭和十七年春には、作業員は徴用で集めた工員で、海軍技師を班長として設営班という部隊によって工事を行なった。表―1に任地、工事内容、編成解隊の年月日、解隊後の処置を示したが、第九設営班までは開戦日をX日として任務と行動は、それをもとに開戦前に綿密に計画されていた。この部隊は艦隊や航空艦隊に臨時に所属した。(15)

表-1　設営班大要(16)

設営班	任　地	編成年月日	解隊年月日	工事内容	解隊後処置
第一	ルソン島レガスピー セレベス島ケンダリ ジャワ島バリ島	16・10・3	17・3・10	飛行場設営	第103建築部に改編
第二	南洋群島パラオ ミンダナオ島ダバオ ボルネオ島 バリックパパン サンガサンガ	16・11・20	17・3・10	飛行場設営	第102建築部に改編
第三	インドネシア、 モルッカ諸島、 アンボン島 フィリピン、 スルー海ホロ島	16・11・20	17・3・10	航空基地設営	第102建築部に改編
第四	ボルネオ島北岸ミリ ボルネオ島北岸 クチン ボルネオ島 レド（ルンドー） ボルネオ島西岸 ポンチャナック	16・11・20	17・2・25	航空基地設営	第101建築部に編入
第五	ボルネオ島東北端 タラカン島 ジャワ島東バリ島 セレベス島 ハルマヘラ	16・11・20	17・3・10	航空基地設営	第102建築部に改編
第六	ミンダナオ島ダバオ セレベス島東北岸 メナド セレベス島南西岸 マカッサル ジャワ島 ジョクジャカルタ	16・11・20	17・4・27	航空基地設営	第6設営隊に改編
第七	ラバウル	16・11・20	17・4・27	航空基地設営	第7設営隊に改編
第八	マレー半島 コタバル スンゲバタニー	16・11・20	17・1・25	航空基地設営	第101建築部に改編
第九	チモール島クーパン セレベス島東南岸 マカッサル	17・1・10	17・4・27	航空基地設営	第102建築部に編入
第十	ラバウル	17・2・10	17・4・27	航空基地設営	第10設営隊に改編

設営班は輸送船に乗せられ、両側を駆逐艦列に護られ、日本軍の外地進攻と同時に上陸して敵地の既設飛行場を補修整備し、わが航空部隊の進出を可能にした。

派遣先は表-1と図-2に示したフィリピン、セレベス、ジャワ、スマトラ、ボルネオ周辺とラバウルである。図中地名に付した数字は表-1に示した設営班の番号であり、たとえば第一設営班はルソン島レガスピー、セレベス島ケンダリからジャワ島、バリ島と回っている。ほかの設営班も同様で、一ヵ所にとどまることなく、施設を整備、建設しては次の基地に回っている。

編成人員は、たとえば第四設営班の場合、土工千百八十三名、技能工四百名、兵科、機関科、衛生科、主計科等二十名、事務系二十名、幹部九名で計千六百三十二名であった。もちろん、くりから紋々ではなくて、年配の徴用工員が主体だったから、技能は経験豊富で優秀であった。しかし、機材は主体がトロッコ、つるはし、ショベルで、機械類はトラック、ローラー、トラクター、製材機、給水用濾過自動車程度であった。だから、人力主体の施工部隊といっても過言ではない。

それでも敵の反攻は皆無か軽微で、敵の既設施設の整備だったので工事は順調であり、わが軍の航空部隊が進出した段階で、おおむねめでたく使命完遂となり、現地で解隊、徴用工員は故郷に凱旋した。設営業務は地区ごとに建築部が創設されて、軍政系統の施設本部に所属する出先機関が引き継いだ。ただし後でも述べるが、ラバウル進出の設営班は、そのまま設営隊に改編された。

図-2 開戦初期の設営班進出図（数字は設営班番号 表-1参照）(17)

「設営班も、海軍じゃ必要に迫られて作ったような印象ですね」とS君。

「しかし、とにかく進攻作戦なので、設営班独自の防衛など必要じゃなかった。あくまでも臨時の組織となっているから、艦隊付属の常置部隊じゃなかったのだな」と私。

様変わりが始まったのは、第二段作戦の展開からである。

わが国は昭和十七年五月にツラギ、モレスビー、ナウル、オーシャン攻略作戦、六月にミッドウェー、アリューシャンの作戦をおこなったが、この時期にはまだ少しばかり戦力が優勢だったので、アメリカとオーストラリアの間の連絡を分断して、有利な戦略態勢を実現しようとした。しかし、戦闘の局面はミッドウェーの敗戦で一変した。このとき「赤城」「加賀」「飛龍」「蒼龍」の空母四隻を失った。

この時期、戦場は一方では東南アジアから南太平洋にわたり広大となり、作戦はいかに海軍でも艦船だけでは戦えない。制空権を確保する必要があり、そのためには海洋に散らばった島嶼《とうしょ》や未開のニューギニアに飛行場を設営し、そこに基地航空隊を進出させなければならなかった。飛行場は不沈空母といわれ、戦闘は飛行場基地の建設戦または争奪戦となった。

表-2　ソロモン海戦終了までの工員設営隊の編成と戦闘概要(18)

設営隊	進出地	編成年月日	解隊年月日	戦闘経過
11	ガダルカナル	17・5・1	17・11・30	60%戦死、残りラバウル引揚
12	ニューアイルランド島 カビエン	17・5・1	18・10・30	一部はキスカに転進、戦死25柱
13	ガダルカナル	17・5・15	17・11・30	35%戦死、、一部ツラギで玉砕
14	ラバウル	17・5・15	18・8・15	ラエ、ラバウル、ブナと航空基地設営、一部ツラギにて玉砕
15	東北ニューギニア	17・6・15	18・2・10	スタンレー作戦参加、苦難の行進
16	ブイン	17・8・31	19・1・5	トルカ、ブイン、ブカに転戦、陸上基地急速設営
17	コロンバンガラ	17・11・15	19・1・5	コロンバンガラ及びニュージョージア島ムンダにて航空基地設営、レンドバ島にて艦艇基地設営、ラバウル東飛行場設営
18	カビエン	17・8・25	21・3・25	バラレ及びカビエン航空基地設営
19	ソロモン諸島及びビスマルク島	17・12・1	19・1・26	ニューギニア地区航空基地設営、一班はホーランディア、カイマナ基地設営、二班コロンバンガラ基地設営、戦死78柱
20	ブカ島	17・9・15	20・6・25	ブカ島航空基地設営、戦死457柱
22	ムンダ	17・10・15	19・1・5	ラバウル、ムンダに転戦、航空基地設営
24	ニューギニア及びアンボン	18・1・15	19・9・5	ナビレ、エフマン島、アンボン島ラハにて航空基地設営
26	ブイン	18・2・1	21・3・6	ブインにて終始基地、諸防備施設設営
28	ラバウル	18・2・1	22・5・3	ラバウル、トベラ航空基地設営
30	アッツ島	18・2・1	18・8・15	アリューシャン上陸作戦に参加、アリューシャン、鳴神、占守に転戦、航空基地設営
32	ブーゲンビル	18・4・20	20・6・25	ブーゲンビル島北端に上陸、ブカ第二航空基地設営、戦死736柱

34	ラバウル、ブイン	18・4・20	21・3・15	ラバウル、ブイン、トリボイルにて航空基地設営
36	ケイ諸島、アンボン島	18・6・1	19・11・1	ケイ諸島ラングーンにて航空基地設営、19・9本隊アンボン島ラハに転進、ラハ航空基地整備並びに第7警備隊の陣地構築
40	スマトラ島コタラジャ	18・4・1	19・11・1	北部スマトラ島コタラジャ第二航空基地設営
101	ラバウル	17・11・1	22・5・3	ラバウル、ブイン、トリボイルにて航空基地設営
103	ニューギニア	17・12・2	18・10・30	ワクデ島基地、カウ基地にて航空基地設営
111	タラワ	17・10・20	19・3・31	タラワ島防備施設、他島派遣隊以外は全員玉砕、残存100名程度呉帰還、戦死877柱
121	ショートランド	18・3・28	21・3・15	ブイン、トクレイ、バラレ、ソロモンに転戦、防備諸施設設営
131	ブイン	17・11・10	22・5・3	ブインにて陸上防備施設設営に終始

これは、わが国の艦隊中枢部のまったく思い描いていなかった戦闘であったと思う。飛行場の建設は、敵飛行場の占領利用というそれまでの作戦と異なり、密林を切り開き、離れ小島を平坦化しなければならなかった。しかも作戦の成功のためには、航空部隊の進出は、一刻の猶予を許されない。艦隊は建設部隊を専属させ、作戦にともなって自在に運用することができなければならなかった。従来の工事発注方式は破綻したのである。

「この建設部隊が設営隊と呼ばれたのさ」

作られた設営隊の内訳は、表－2[18]にその大要を示すように二十四コで、派遣先を図－3[19]に示した。この図に示されている★印が設営隊の進出先、数字が設営隊番号である。ニューギニアの東側に連なるソロモン諸島では、ニューブリテン島ラバウルに第七、第一〇設営班が、開戦前の昭和十六年十一月に編成さ

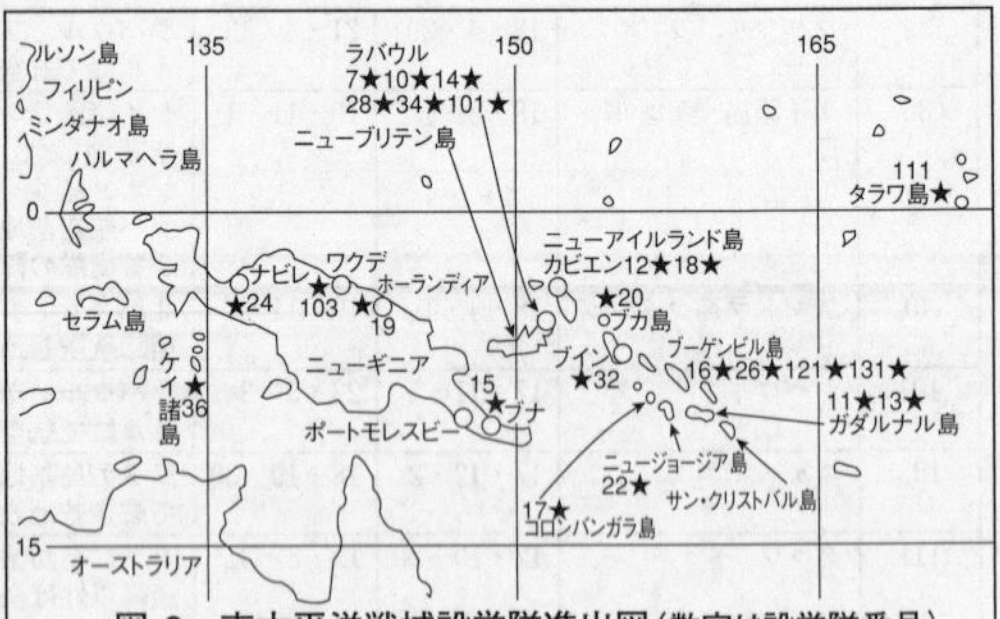

図-3　南太平洋戦域設営隊進出図（数字は設営隊番号）(19)

れ、開戦後ただちに進出していたが、これらは昭和十七年四月に設営隊に改編され、また五月に第一四設が編成派遣された。さらにこの月、ガダルカナル島に第一一、第一三の二コ設営隊が派遣された。

引き続いて、ニューアイルランド島カビエンに第一二設（十七年五月）、第一八設（十七年八月）、ブインに第一六設（十七年八月）、ブカ島に第二〇設（十七年九月）、ムンダに第二二設（十七年十月）、コロンバンガラに第一七設（十七年十一月）、ラバウルの補強に第二八設（十八年二月）、第三四設（十八年四月）、ブインの補強に第一三一設（十七年十一月）、第一二六設（十八年二月）、第一二一設（十八年三月）、ブーゲンビルの補強に第三二設（十八年四月）と派遣があいついだ。

この時期、すなわち十七年四月より十八年一杯は、ソロモン群島の制覇を巡って凄絶な戦闘がおこなわれ、またニューギニア島東岸の第一五設（十七年六月）は、スタンレー山脈越えの苦難の行進に参加した。その後方基地補強のために、ニューギニア北岸にはホーランディアの第一九設（十七年十二月）、ワクデの第一〇三設（十七年十二月）、ナビレの第二四設（十八年一月）が、さらにニューギニア南のケイ諸島に、第三六設（十八年六月）が派遣された。

これより前線では、タラワに第一一設（十七年十月）、アリューシャン列島アッツ島に第三〇設（十八年二月）などが進出し、総計設営隊数は二十四コにのぼった。つまり基地航空隊の進出先には、すべて設営隊が派遣された。しかも敵の反攻はようやく本格的となったから、文字どおり設営隊は最前線にあって死力を尽くした。

この時期、基地設営戦のもっとも痛切な事件がガダルカナルで起こった。ここからはオーストラリア東北岸を約二千キロのかなたに望むことができる。函館、門司間または鹿児島、台北間といえば、その戦略的重要性がわかる。敵の強襲上陸さえなければ、万事うまく行くはずであった。

しかし、せっかく建設したこの重要な飛行場を確保するための護衛には、わずかの兵員しか付属させていなかった。ここに投入された第一一設営隊と第一三設営隊の約二千三百名が、人力によるだけで二ヵ月で千百メートルの滑走路を完成したのであったが、完工の喜びも束の間、できあがって航空機の進出を待っていたにもかかわらず、防衛の隙間を狙うかのように、敵の大輸送船団が無血上陸してしまったのである。

「ガダルカナルなんて、当時はだれも知らなかったから、こんな僻遠の地に飛行場を建設するなんて、敵は気づかないに違いない」

海軍は敵の探査能力を考慮せず、わずかの護衛を同伴させただけであった。

「米軍はB17で空中偵察をおこない、飛行場は完成しているようだが、海浜には防御が固められていないことをつかんでいた」と、アメリカ側ではニミッツのもとで第一海兵師団長をつとめたバンデグリフト海軍少将が述べている[20]。

第一一設営隊員の益田実、岡谷捷夫両氏は、つぎのように述べている[21]。

「八月七日朝四時三十分ころから敵の砲撃がはじまり、守備隊の高角砲は十時ころには沈黙させられました。われわれ工員たちは無我夢中で逃げる途中、喉がからからに渇き、ジャングルの中を歩きつづけ、やっと四十四日後、十一月五日に潜水艦に収容されて撤退しました。……」

ガダルカナルの戦訓から、航空機がいかに早く基地に進出するかが、戦局を大きく左右することが論議された。こうして海軍では、遅まきながら、設営隊の急速設営能力の向上が問題と気づいた。つまり設営隊がもっと迅速に飛行場を建設していたら、航空隊がガダルカナルに進出して、もっと有利に戦いを進めることができたであろうと考えた。

別に私の意見だが、設営能力が高かったら、ラバウルとガダルカナルの中間に小さな飛行場をたくさん作っておいて、戦闘機を進出させておけば、ガダルカナルの防御はもっとやさしかったのではないだろうか。わが海軍航空隊は、敵進攻時にはラバウルからガダルカナルの距離五百六十カイリの中間に航空基地をもっていなかった。

この往復千百二十カイリは、ゼロ戦の航続距離ぎりぎりであり、このため、ラバウルから飛び立ったゼロ戦がいかに性能優秀で戦場で敵の戦闘機を圧倒していても、ガダルカナルの戦場上空にとどまる時間は短く、ろくな援護はできない。かくして戦勢は、日に日に劣弱となっていったという。

海軍設営隊の創設は、戦場が太平洋の諸島嶼にひろがったために、作戦上の都合からなされたものと考えられる。太平洋を越えて、アメリカやオーストラリアと戦争を行なうならば、かならずそういうことになる。

人海戦術により飛行場建設を行なう海軍設営隊

アメリカでも建設部隊の必要性に気づいたのは、ほぼ同じ時期のようだった。戦前はわが国とほとんど同じく建築局の土木科士官が民間の請け負い工を監督していたが、開戦直前の昭和十六年十月に始めて海軍独自に訓練を施した戦闘および設営をおこなう部隊の編成が必要であることが論じられ、こちらは昭和十六年十二月二十八日に設営隊を誕生させている。

その後の実績により急速な整備がはかられ、昭和十九年十二月二十八日には、約二百コ大隊、二十五万名に達したという。部隊の略称はシー・ビーズ（海の蜂）と呼ばれた[22]。

太平洋戦争は、まさに設営戦の性格を帯び始めた。

さて、昭和十七年八月から昭和十八年一杯、戦闘は激しい消耗戦となった。戦訓により設営戦に勝利する方策がふたつ考えられた。ひとつが機械化であり、他が軍隊化であった。

設営隊の建設能力向上は、機械化に頼らなければならない。

「わが国がブルドーザーの能力を知ったのは、昭和十七年五月にウエーキ島を占領したときであった」と施設本部では、われわれ技術科士官教育のとき打ち明けている。

例によって滑走路を人海戦術で建設していたら、アメリカ軍の捕虜が「自分にあの機械を使わせれば、数日でやってみせる」といって、付近にあった異様な機械を指差したので、半信半疑でやらせてみたら、わずか数人のオペレーターが、くわえ煙草で数日で完成したという。[23]

にわかに建設機械の生産を始めなければならなくなった。

当時日本でもその存在は知られており、私も学生時代、アメリカの建設関係の雑誌にその広告を目にしていた。しかし、わが国はあまりにも貧しく、景気対策に人力の雇用が奨励されていたこともあって、ほとんど使用されていなかった。ブルドーザー、キャリオールなど、設営重機の国産の必要に迫られたとき、海軍施設本部は適当な管理工場をもっていなかった。しかも一流メーカーは兵器の生産に手一杯で、建設機械などは相手にされなかった。

軍艦の建造のために海軍工廠が各鎮守府に建設され、軍需部から潤沢な資材を供給され、豊富な国家予算が回されていたのに、建設機械の製造のためには、小松製作所のような陸軍の管理工場に仕方なく泣きついて作ってもらったという当事者の回顧談が残っている。[24] 国産の機械の性能も劣弱で、生産台数も微々たるものであった。それでも、とにかく施設本部では、目の色を変えて施工機械の充実に務めた。

「この結果、ブルドーザー、キャリオール、スクレーパなど国産の設営機械を装備した『機械化設営隊』を前線に繰り出しうるようになったのは、昭和十八年下半期にはいってからである」と佐用泰司氏が述べている。[25]「これらの機械化された設営隊は、軍人、軍属の混成部隊であった」

これらの部隊では、武官転換した士官を隊長または副長とし、養成された技術科士官を中隊長とした。派遣された設営隊は表-3に示すように二十八コであって、二百台の部隊番号で呼ばれている。[26]これらの設営隊は機械化施工のできる部隊であって、その任地を図-4中部太平洋戦域設営隊進出図[27]中に★で示した。すなわち西ニューギニ

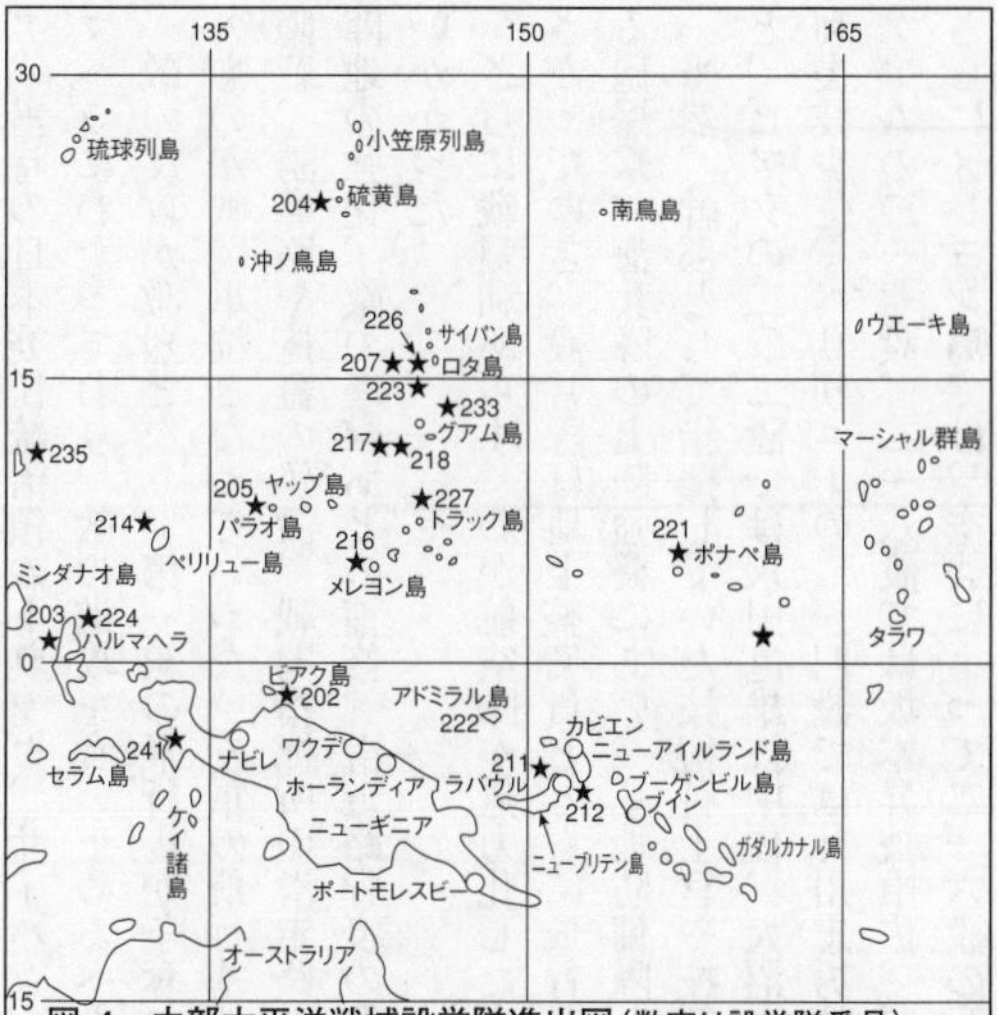

図-4　中部太平洋戦域設営隊進出図（数字は設営隊番号）(27)

ア、当時の日本委任統治領のトラック、サイパン、硫黄島、フィリピン前面のパラオ、ハルマヘラにわたっており、敵の進攻を食い止めるべき拠点に残らず配置されている。

敵の反攻が激烈となり、第一線の飛行場が争奪の主目標となってからは、前線の設営隊そのものが戦闘単位となっていった。友軍の飛行基地としては、敵の攻撃を避けるための偽装隠蔽、誘導路や掩蓋の建設、戦闘指揮所の滑走路からの離隔、燃料庫、宿舎の地下化、対空陣地の強化、敵の爆撃あとの補修、滑走路弾痕の埋め戻しなど、筆舌に尽くし難い苦難が襲いかかった。

さらに戦闘利あらず、わが航空隊が無力化した場合には、航空機の搭乗員は後方基地へとさがってゆき、設営隊は地上整備員とともに飛行基地に取り残され、敵機や敵艦隊のさらなる砲爆撃、海兵隊の上陸強襲にあい、基地防備隊と一緒になって戦闘し玉砕していった。

当然、幹部として指揮していた技術科士官や技師、技手が多数戦死した。主な例をあげると、ピアクの二〇二設では永田亀雄技中佐、大沼忠雄技少佐、サイパンの二〇七設では山本利夫技少佐、ペリリューの二一四設では升川忠男技少佐、久山正人技大尉、坂梨実技師が、グアムの二一七設、二一八設では坂本昇技中佐、厚地正治技師、熊本秀吉技師などである。さらにメレヨン島では、空襲によって二一六設の斎藤明技師が戦死している。

またマニラの二〇六設、アドミラルティ島の二二二設、ロタ島の二三三設の三設営隊は、進出途中に魚雷攻撃により海没し、二〇六設では今野栄治郎技中佐、武居三郎技師が、二二二設では大庭常幸技中佐、新島実技少佐が、二三三設では林邦夫技中佐、小林寅三技少佐、小島吉之助技師が戦死、またサガンの二四一設では佐藤静技少佐が戦死するなど、大損害を受けた後、解隊して施設部や他設営隊に吸収されていた。

こうしたことのために、設営隊の軍隊化が必要であることとなった。隊員の身分上は工員だが、意識上は軍人であるということは不自然であった。つまり軍人軍属の混成部隊のままならば、軍令承行令による作戦に組み入れられない。ようやく昭和十九年五月、「技術下士官および兵」の制度ができて、三百台の設営隊番号をもつ軍人設営隊が編成され、つぎつぎにフィリピンに進出していた。なお、設営隊に限り軍令承行令にかかわらず、技術科士官が士官、下士官、兵を指揮できるという特例がでた。

「しかし、第二一九設営隊は工員設営隊ですから、どうして昭和十九年十月にフィリピンに向かって呉を出発したのですか」

「そんなこと、私にも分からんよ」

歴史のミステリーと考えざるをえない。

表-3　マリアナ、ニューギニア、フィリピン方面配備設営隊の編成と戦闘概要(26)

設営隊	進出地	編成年月日	解隊年月日	戦闘経過
201	サガ、アンボン	18・8・15	21・1・15	航空基地
202	ビアク島	18・11・15		19・5・27敵上陸、7月末迄全員玉砕
203	ハルマヘラ	18・11・1	21・6・3	ソロン設営
204	硫黄島	19・1・15		20・3・15全員突撃玉砕
205	ヤップ島	19・2・5	20・12・27	防備強化設営
206	マニラ	19・3・1	19・9・30	進出途中海没、解隊後103施に編入
207	サイパン	19・3・1	19・7・18	19・7・10玉砕
211	ラバウル	18・6・15	22・5・3	第五航空基地、ブカ第二基地設営、戦死676柱
212	ラバウル	20・10・18	22・5・3	第一,第二航空基地設営、戦死288柱
213	バリックパパン	18・11・15	20・1・15	航空基地設営、解隊後102施に編入、戦死11柱
214	ペリリュー	19・2・15		本隊玉砕、他島派遣500パラオ集結、戦死764柱
215	ダバオ	19・3・1	22・5・3	ダバオ陸上防備施設緊急設営、戦死370柱
216	メレヨン島	19・3・1	21・1・12	メレヨン島航空基地設営、戦死689柱
217	グアム	19・3・1	19・10・15	19・8・10玉砕、戦死801柱
218	グアム	19・3・1	19・10・15	19・8・10玉砕、戦死766柱
221	ポナペ	18・7・25	19・2・5	サタワン環礁基地、ポナペ島滑走路造成
222	アドミラルティ島	18・12・10		19・1・31進出途中輸送船撃沈
223	ロタ島	18・12・10	21・1・12	ロタ島陸上防備強化設営
224	ハルマヘラ	18・10・10	22・5・3	カウ付近航空基地設営
225	デゴス	19・2・5	22・5・3	デゴス航空基地及び陸上施設設営
226	サイパン	19・3・1		一部サイパンにて19・5・10玉砕他は再編の上沖縄小禄で玉砕
227	エンダービー	19・3・1	21・5・25	エンダービー、トラック島、金曜島航空基地その他設営
231	カーニコバル	18・6・1	19・10・1	カーニコバル航空基地、陸上施設設営
232	アンボン	18・10・10	21・6・15	アンボン航空基地、港湾築城

233	ロタ島	19・3・4		19・3・4輸送船団潰滅、残存部隊ロタ島基地陸上施設設営
234	カーニコバル	18・12・20	19・10・1	カーニコバル航空基地設営、解隊後101施編入
235	ネグロス島	19・3・1	22・5・3	バゴロド航空基地設営、一部セブ設営
241	サガン	18・10・1	19・9・5	解隊後技術科士官脱出、 残存部隊223、203設に編入

第四章　木曽隠蔽砲台と震洋基地

コレヒドール島はマニラ湾口に位置し、バターン半島マリベレス、カバロ島、フライレ要塞、カラバオ島、テルナテの各点をつないでマニラ湾防衛線を形成し（図－5）、背後にキャビテ軍港が配置されている（図－6）㉘。

マニラ湾は東西四十キロ、南北六十キロのばち型で、マニラとコレヒドールとの間は直線距離にして約四十キロあるから、便船で片道五時間くらいはかかったと思う。コレヒドール島は、ほぼ直径二キロの円形の頭に長さ三・五四キロの尾ッポをつけたおたまじゃくしのような形をしている（図－7）㉙。日本軍占領以前には、アメリカ軍の極東司令官として、マッカーサーがいたところで、わが国にもよく知られていた。

マッカーサーは、昭和十七年一月から四月にいたる三ヵ月間、バターン半島に兵力を集中し、アメリカ軍は日本軍進攻の際に死力を尽くして、最終局面まで戦ったが、彼自身はルーズベルト大統領の極秘命令で途中の三月十二日に、魚雷艇でコレヒドールを脱出し、オーストラリアに着いて有名な誓いの言葉「アイ・シャル・リターン」を残している。

四月九日にバターン半島で、八万のアメリカフィリピン軍と一般市民が投降し、有名なバターン死の行進をさせられた。この行軍は日本軍自体の行動パターンだから、特に捕虜虐待をしたわけではない。コレヒドールでは、五月五日夜より七日朝までの戦闘があって、そこでアメリカ軍が白旗を掲げるに及んではじめて、緒戦の進攻作戦は終了していた。[30]

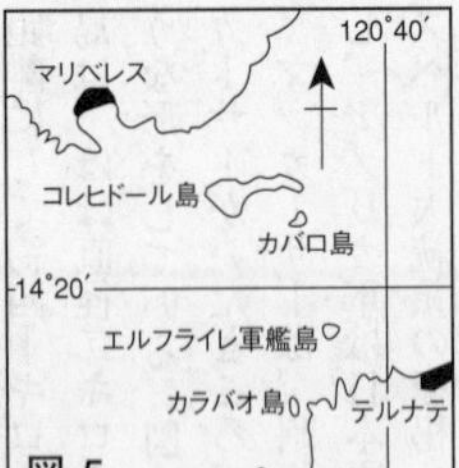

図-5
マニラ湾口島嶼位置図

しかし、マッカーサーは巻き返してきて、その言葉どおり、とうとうレイテにまでやってきている。多分、彼は報復の意気込みに燃えているだろう。

そのコレヒドール島の防備強化を、私は命じられたのである。男子としてこれほど名誉なことがあろうか。私は沈没直後であったにもかかわらず、覚悟だけは見境もなく勇ましかった。

さて、隊長に率いられて、十一月十日昼、コレヒドール島に赴いた。便船なので、身の回り品を抱えただけであったと思う。

着いてみると驚いた。名にし負うコレヒドールなので、物々しい要塞になっているものと思ったら、何もない。昭和十七年五月の占領以来、ほとんど何もしていなかったのである。

それだけ戦局の急展開に際会し、わが国の対応の余裕がなかったのである。

栈橋のすぐ左手に、アメリカ軍の戦前に構築していた大トンネルの入口が見える。これが有名なマリンタトンネルである。トンネルの直径は五メートルくらいで半円形をしており、中に入ってみると、占領時のまま乱雑になっており、とても真面目に整備されていたとは思えなかった。

今から防衛施設をつくるのか。これではつけ焼き刃じゃないか。敵はすぐそこまで来ているというのに。仕方がない。来るところまで来てしまったのだから、最善を尽くすほかはない。いままでの、勇躍の意気がしぼんでくるようであった。

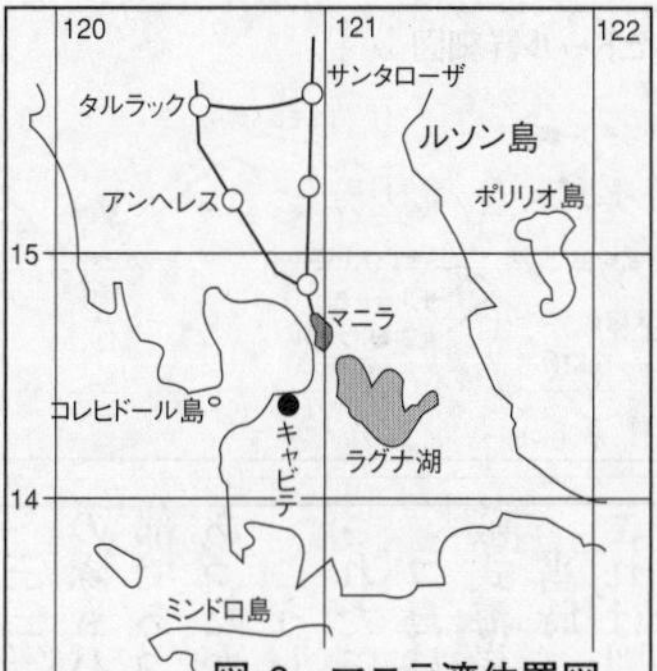

図-6　マニラ湾位置図(28)

栈橋に、第三三三設営隊副長で、青島同期の柳ヶ瀬正彦技術中尉が迎えに来てくれていて、その先導でトラックに分乗し、宿舎に入った。そこは頭の部分の北西側にあたり、谷が二本入っている西側の谷であった。斜面はかなり急であったが、頭部分の標高は五百メートルだったから、ちょうど二百五十メートルの高さだった。この高さの等高線に沿って、道路が走っていて、兵舎が二棟並んでおり、われわれはその一棟に入ったのである。別の一棟には第三三三設営隊が入っていたが、この隊は軍人設営隊であった。

図-7　コレヒドール詳細図(29)

三三三設営隊は、われわれより二週間ほど早く到着していた。この隊もバシー海峡で十月二十三日、雷撃を受けたが、損害は船の前部であって、機関の破壊をまぬかれたために、前半の欠けた姿ではあったが、マニラに辿り着いている。

こうして、二一九設営隊とあわせて二隊の設営隊が十一月に配備されたことになる。

コ島について始めて、われわれの任務を知らされた。それは、隠蔽式海岸砲台構築と震洋隊基地建設であった。

当時、海軍では極秘兵器として震洋艇というのを開発していた。これは別名をマル四（マルヨン）艇といったが、ベニヤ板で作った長さ五・一メートル、幅一・六七メートルの木造の船であり、二百五十キログラムの爆薬を積み、速力二十六ノットで敵船に衝突し、その直前に運転者は海中に飛び込むことになっていた。マルヨンは、敗色濃いわが国の起死回生の秘密武器と期待され、量産されたらしい。われわれもコレヒドール島に着いて始めて、その存在を知った。

島はまったく隔離された小さな島で、フィリピン人は見かけなかった。だから秘密保持は良好で、さすがの敵も航空偵察と無電解読以外には、コ島の配備は分からなかったのではないか。島の一角に無線所があって、アメリカ軍の捕虜が日本兵の銃剣に脅かされながら、勤務していた。米軍の無電の傍受解読に使われているということだった。

コ島には六隊の震洋隊がきていた。震洋隊一隊は五十隻のマルヨン艇をもっていたので、コ島では三百隻が配置されることになっていた。実際には二百五十隻であったという。マルヨンは海浜に沿った崖にトンネルを掘って格納しておく。トンネルは海浜に設けた斜路にレールを敷設しておき、台車にマルヨンを乗せて発進させる。一本のトンネルに二十二〜二十三隻を格納するとしたら、一震洋隊について二本のトンネルが必要である。

つくる側からすれば、一設営隊で二本のトンネルを掘ればよい。コレヒドール島は四周ほとんど急な崖であって、斜路を設けることのできる海浜は、サンホセ浜という南側にしか開けていない。だから、おのずと震洋基地はそこに設定された。三三三設が東側二本、二一九設が西側二本を担当したように思う。

海軍ではこのほか、昭和十九年十月末のレイテ海戦や十一月の空襲で沈没した戦艦「武蔵」、巡洋艦「最上」「鈴谷」「熊野」「木曽」の乗組員のうち救助された一部がいた[31]。沈没艦船の乗員は軍機保護のために、すべてコ島に集められ、ここで再編成されて新しい艦船部隊に組み入れられたものである。沈没した艦船から可能なものは艦砲を引き上げ、これを沿岸砲台に転用して、敵艦隊を邀撃しようというのが司令部の考えであった。物資不足のためのやりくり算段であった。

設営隊は、それぞれ砲台の建設を命じられた。二一九設営隊が担当したのは十四センチ隠蔽砲台で、マニラ湾で十一月十四日、アメリカ軍機の爆撃により沈没した二等巡洋艦「木曽」から引き上げたものらしい。砲台の位置選定には、私は立ち会わなかったが、バターン半島を望むコ島頭部分の北側山腹であった。図－8に示すような鉄筋コンクリートボックスラーメン構造で、壁厚さは七十センチメートルである。[32]天井高さは三・三メートル、部屋の奥行きは六・八メートル、間口は五メートルである。その奥は幅一・五メートル、高さ二メートルの地下道が続き、兵員の居住施設と弾薬庫が三十メートル以上離れて施設される。

師田隊長は区処の割り当てがすんだら、補給や給与連絡のためと称して、マニラに戻ってしまい、私が現地指揮官となった。

われわれの宿舎は旧アメリカ軍の兵舎だったようで、二階建てで居室にはバンガローが付いており、そこから三千五百メートルの彼方にバターン半島が見えた。足つきのベッドで蚊帳をつって寝た。小さな島なので、工員も全部、この宿舎で寝起きさせた。島はもちろんゲリラの侵入もなく、平和郷そのものであった。空襲はもっぱらマニラの方であり、コレヒドールは全然素通りであった。ときどきB29が真っ白な機体を空の青の中に美しい軌跡を描きながら、上空遙かに通り過ぎた。われわれはこのような環境のために、戦争の情報から無関係であった。

谷ひとつ隔てた下の宿舎に震洋隊がいた。ここからは夜な夜な、とてつもない大声の軍歌が起こっていた。おそらく明日をも知れぬ運命に従うのか、抗するのか。烈しい歌声が逆にもの悲しく聞こえた。

設営隊の工員の職種を付表-1に示した。ふたつの工事現場があるが、工種が似通っているので、中隊区分にかかわらず職種ごとに小隊や分隊に区分して、現場に割り振った。砲台隧道《すいどう》は角谷技手が担当し、マルヨン基地隧道は中塔技手が担当した。断面の設計は私ら技術科士官がおこない、技工士たちが製図、材料の割り出し、測量を担当した。

図-8 隠蔽式海岸砲台概念図(32)

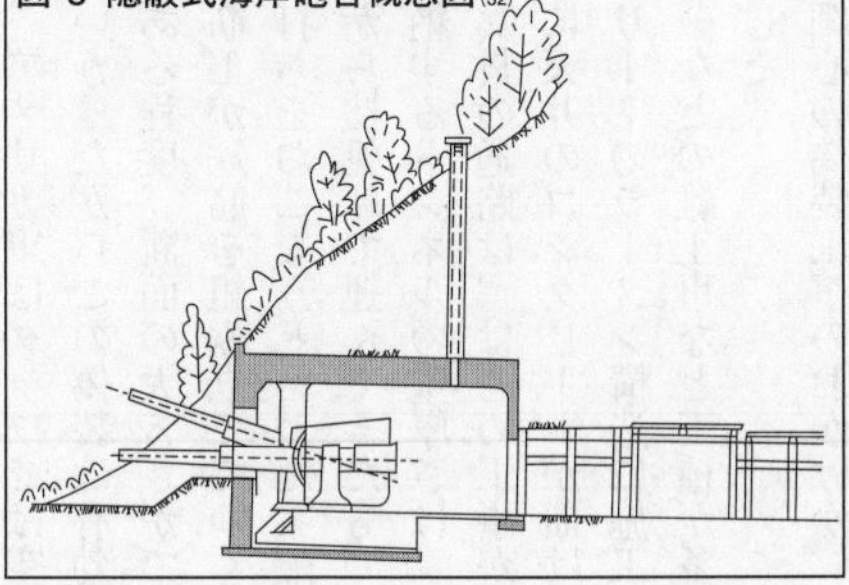

はじめ測量によって構造物の施工位置を決定し、遣り型を現地に設定する。これに従って山腹の雑草や樹木を斬り払う。ついで土工が山腹掘削《くっさく》、トンネル開削を始める。トンネル掘削、ずり出しはお手のものである。掘削が進むにつれて支保工組立を鳶工がおこない、隧道工が鑿岩《さくがん》、発破をおこない、掘削、ずり出しを反復しながら、構造物がはいる大きさに仕上げてゆく。

工事にもっとも気をつけたのは、上方遮蔽とずり出しである。とくに隧道入口は山肌が見えてしまい、周辺のブッシュと区別がつきやすい。そこで上に草色のネットを張って、さらに周囲の草をばらまいた。ずり出しも工事地点をすぐ割り出されやすい。そこで、常にトラックに積み込んで、山頂の谷間を埋めることとした。戦後の報告ではやはり、アメリカ軍はタラワでは空中写真によって便所の数を勘定し、日本軍の兵力を推定したという。だからこの偽装は有効だったと思う。

ある程度、断面の大きさができあがったら、大工が型枠立て込みを始め、それに平行して鉄筋工が鉄筋を組み立ててゆく。そのあとさらに土工が砂や砂利を運んできて、コンクリート打ちをおこなうといった案配である。板はほとんど内地では貴重品のラワン材で、近くの島から機帆船で運んできたものを北桟橋で受け取り、自動車で現地まで運んで来た。砲台を格納するトンネルの壁厚さは、前にも述べたが七十センチである。

兵員の通路は、はじめ工事が急がれたので無筋の設計で施工したが、支保工をはずした途端に天井のコンクリートが曲げモーメントを受けて破損してしまったので、慌てて鉄筋コンクリートのラーメン構造に施工しなおした。土工工員は数が多いようだが、材料の運び込み、遮蔽などの雑工事など工種が多く、結構忙しかった。工事がいそがれたので、昼夜三交代制とした。

細心の偽装工事のおかげか、敵の航空機は気づいていないようであった。お手のものの機銃掃射のような襲撃は皆無であった。

技能工の第一中隊は、自動車関係、機械修理組み立て、板金、旋盤、溶接、鍛冶、鉄工などであり、大体技術に関しては梁技師が指揮し、マニラにいた。資材の入手の便宜のためで、組み立て、整備が終われば、便船でコ島に送ったものである。輸送の安全が必要であった。

さて、マルヨン艇の台車を海面まで走らす斜路の部分も、上空から見えないように偽装した。私は昭和十九年六月から一ヵ月、呉付近で甲標的基地の建設を経験している。甲標的とは、ハワイやシドニーに潜入した特殊潜航艇のことで、乗員は二名、魚雷を抱いて敵の泊地に潜入し、雷撃して沖の母艦に帰投するものであった。

ついでながら、この特殊潜航艇は真珠湾攻撃の際、五艇が突き込んで四艇八人が戦死し、軍神と謳《うた》われ、その後の神風特別攻撃隊の端緒を開いたものである。その基地でも、平素は陸上に艇が引き上げられていて、台車に乗せて進水させる。だからこのマルヨン基地は、甲標的基地を小型化したようなものであった。

十二月中旬にクラーク地区から、さらに三三一設営隊が来た。この隊はクラークで飛行機がなくなって、仕事がないというので来たそうである。もちろん、そんな理由などわれわれには知らされなかった。この隊にも技中尉林政健（のちに技少佐）、技少尉玉木政雄、北沢恒雄の諸君がいた。隊長は兵科の吉田少佐であった。この隊の担当した震洋基地は、サンホセ浜の東側であった。

昼夜を分かたない突貫工事によって、われわれに与えられた仕事がほとんど完成しかかった十二月二十三日、昼夜交代の昼食が九時二十五分に終わって工事に出かけようとした矢先、大爆発音がわれわれの耳をつんざいた。烹炊の前音吉が、血相を変えて飛び込んできた。

「副長、敵襲ですか？」

私もこれは容易でないなと思ったが、どうも音源が一ヵ所らしいし、艦砲射撃につきものの、爆音も聞こえない。

上原二技曹が走ってきた。
「ゲリラか？」と尋ねたら、
「マルヨン艇で、火薬が爆発したためのようです」という。原因は整備中に過熱で引火したものというのであり、私は無謀な操作に驚くやら、技術の低さを情けなく感じていた。トンネル工事で分かっているが、火薬の取り扱いには細心の注意が必要で、そのため免許が必要なくらいなのだ。いくら戦時中であり、また兵科であるとはいえ、意気だけは軒昂なのであろうが、火薬や燃料の取り扱いに、どれだけ習練を積んでいたのであろうか。だいたい木造の小型船が近づいて、敵がのんびりとその襲撃を待っているとしたら、よほどおめでたいのではないか。

またしても拙劣な戦術、人命無視の戦闘方式、犠牲になる第一線将兵の命を考え、戦争の先行きを考えると、暗澹たる気持ちに落ち込んでしまうのであった。

爆発はかなり永く続いた。何しろ一列に十二～三の艇がわずかの間隔で格納されているから、誘爆も容易であったのである。木俣滋郎氏の著書によると、第七震洋隊七十五隻がこの爆発で消失し、第七震洋隊長ほか百五十名が死んだという。[33]

それにしても疑問なのは、施工している設営隊に何の挨拶もなしに、トンネルを使用したのであろうか。あるいは、まだ格納はせずに、海浜で訓練をしていたのだろうか。

この疑問は、最近、木俣氏の著書によって答えがでた。十二月十五日、ルソン島のすぐ南のミンドロ島に敵が上陸したという。また十二月二十一日には、ミンドロ島に向かう敵船団に、陸軍の特攻機十一機が体当たりをしたという情勢であった。そして二十四日夜の出撃の可能性が想定されて、二十三日にはガソリン給油中だったのだそうである。だからトンネルは使わず、砂浜に並べていて前の艇の排気口の噴射した排気の熱が、次の艇の頭に装着された爆薬に、直接当たっていたものであろう。

震洋隊では、もっぱら操船訓練を行なっていた様子を私は見ていたが、爆薬装着から投下の訓練をおろそかにしていたのだろうか。これでは、私たちのせっかくの基地建設も無駄になりはしないのか。

工事が十二月二十六日に終わった。隊長がマニラ帰投を命令してきた。われわれは喜んでさっそく身支度をし、コ島を出発することにした。

二十七日、全員宿舎前に整列、私はねぎらいの訓辞をして大島技中尉の率いる第二中隊から出発させた。月がでていた。私は小谷技少尉の第三中隊の最後尾が出発したら、そのあとで乗船するつもりで、宿舎に残っていた。

ものの二十分もしたろうか、先発の隊員が戻ってくるではないか。

「どうしたのだ？」と、尋ねた。

大島技中尉の話によると、桟橋のところに衛兵がいて、司令の命令で、乗船させられないという。司令がいることも初耳だったので、驚いた。われわれはこの司令に区処されているとは知らなかった。離島を強行すれば、おそらく軍規違反となる。その夜は、やむなくいったん整えた旅装を解いた。

翌日、私は大島技中尉と小谷技少尉と一緒に、丘のてっぺんにある司令部に、小川少佐を訪ねた。私たちは司令部を訪ねるのは始めてであった。順序から言えば、二一九設がコ島に来たとき、司令部を訪ねて挨拶すべきだったのだが、その手順を隊長が行なったとも聞いていない。

第二部で述べるが、十一月にはコ島の防備は三一特根の直率であったので、着任時、三一特根に申告したのは正当である。しかし、この時点ではわれわれの知らないうちに、コ島司令官が厳然として存在しているのである。指揮関係がさっぱり掴めないまま、始めて出会ったこの少佐は、精悍な風貌であった。

私たちは工事が完成しており、隊長からの命令が来ていることを説明して、離島の了解を得ようとしたが、彼は頑として聞かない。押し問答を繰り返したが、どうにもならない。一応退散することにした。

最近調べた資料では、小川左右民《そうみ》少佐はコレヒドール方面指揮官として、十一月一日発令があったが、同氏の着任は十二月末で、内地から飛行機で着任したそうだ。だから、着任早々にこの事件があり、少佐自身、何も分からないままに頑固であったようである。(第二部参照)

元日に隊長が来た。隊長も押し切られたようであった。さらに驚くべき転勤の発令が行なわれていたにもかかわらず、彼はそのことには触れず、しかし上機嫌で、島内を視察すると言い出した。

砲台を見て、そのあと震洋基地に行く途中、台地につくられた機銃陣地に立ち寄った。機銃陣地にいた兵員は、二一九設の下士官と同じような老兵で、気勢が上がらなかった。じつは私は工事にかまけていたために、他の部隊の兵員が何をしていたのか知らなかったのである。おまけにその機銃陣地は、上空が暴露しており、機銃掃射や爆撃に対し、ものの役にたつとは思えなかった。

「今年はめでたい年になるぞ！」

師田隊長がわれわれに話しかけた。どうしてめでたいのか？　よく分からなかった。[34]

隊長はマニラへ戻ってしまった。

とにかく、玉砕の道づれにはされたくなかった。マニラの隊長のもとに、何とかして隊員を返したかった。

二ツ橋軍医は、命令があったからと言って、キャビテ軍港にいってしまい、その後の消息は分からない。

第五章　コ島を離れて

昭和二十年一月二日に、私は隣の設営隊に年始の挨拶に行った。いま考えると、幼少からの習慣だった年始のこの挨拶が、生死の分かれ目だった。そこで、三三三設の隊長の柴崎敏行技大尉に初めて逢った。やはり武官転換で、東大・昭和八年卒業の先輩である。赤ら顔の大柄な人であった。三三三設には、もうひとり青島同期の富岡護技少尉がいた。戦後の氏の話では、柴崎技大尉もマニラにいて、滅多にコ島には来なかったそうである。

しばらく雑談をしていたら、「岩崎中尉、これを知っているか？」と呼びかけてきた。彼の手には官報があった。見せてもらうと、つぎの活字が目に飛び込んできた。

「海軍辞令公報甲一六七一号　同一六七二号」

私は呉鎮守府付き、師田技大尉、大島技中尉、小谷技少尉は在マニラ一〇三施設部付き、児島主中尉は横須賀鎮守府付き、二ツ橋医大尉はＧＫＦ付きマ湾防備隊勤務で、発令は十二月十五日になっているではないか。(35)

つまり第二一九設営隊は十二月十五日で解隊し、一〇三施設部に配属されていた。びっくりして私は、ぼんやりと考え込んでいたらしい。

私は小学校のときに教わった木口小平の話を思い出していた。この話は、「木口小平というラッパ卒は、死んでもラッパを口から離しませんでした」というもので、任務遂行中の戦死を讃《たた》えたものである。軍神広瀬中佐しかり、肉弾三勇士しかり。これこそが当時の青年を勇躍、死地に赴かせたものであり、特攻攻撃を志願させたものである。

それは家門の誉れであったのである。反面、もし任務でもないところにいて、戦闘に巻込まれて死んだ場合はどうか。大島、小谷両君の場合は発令が一〇三施設部配属であって、もしコ島での工事を施設部から命じられているのなら、任務中だから名誉の戦死になる。私の場合には任務が解かれているのだ。

それどころか、何をぼやぼやしていたのか、という非難を浴びせられるだけである。技術科士官教育でも、「一刻も早く任地に赴任して、関係方面に挨拶すべし」ということを叩き込まれていた。

しかも十二月十五日発令だから、すでに十八日も経っているではないか。多分この発令の下達は、隊長のところに届けられているはずである。ところが、隊長からは何の連絡もない。私は唖然として、柴崎技大尉の顔を見返した。

「貴様、何、ぼやぼやしとる！」

突然、柴崎技大尉が立ち上がって、私の横に来たと思ったら、強烈なパンチが私の横顔を襲った。よろけた私に、柴崎技大尉は、さらに官報を突きつけた。

「見ろ！　三三三設では俺も横鎮付けになってるんだ。俺はすぐ内地に飛ぶから、貴様も一緒に来い！」

マニラ湾口を扼する要害の地コレヒドール島

なるほど三三三設も同じ日付けで解隊し、こちらは柴崎技大尉以外は、三三一設営隊に配属されていた。

　結局、彼は発令の下達のためにわざわざコレヒドールまで、来たらしい。この点では師田隊長よりは立派である。それに手荒な方法だったが、私にも報《しら》せてくれたのである。私に否やはなかった。とにかく発令になっていたのであれば、一刻の猶予も許されない。

　じつはこうした転勤の発令は大浦崎であったし、その後の宇佐飛行場設営でもあった。どの場合にも現場責任者として、精魂こめた設営の最中に突然の発令であって、あとの引き継ぎの閑もなかったのである。

　しかし、このたびは違う。近い将来、戦場となることが予想されるコレヒドールに、大勢の隊員を放置したまま、島を去らねばならないのか。

「じゃあ、さっそく転勤の支度にかかります」

マニラ行きの便は、その時刻では明三日早朝しかない。私は柴崎技大尉に便船の時刻を打ち合わせてから、大慌てで隊に戻って、大島、小谷に説明した。

「とんでもない発令になってるよ」

私は焦慮した。こんな離れ小島にいて、戦闘になった場合、残された兵士でもない応召の工員をどう守ったらよいのか。すでに十二月二十七日にマニラに帰投しようとして果たせなかった直後ではないか。

大島、小谷の両士官とも相談したが、現地部隊では小川少佐の命令に違反することはできない。隊長の命令をまつほかはないが、コレヒドール指揮官と一〇三施設部との命令関係もはっきりしなかった。当然、コレヒドール指揮官は軍令系統の三一特根に下令されているが、二一九設は解隊し、一〇三施設部に所属するならば、こちらは軍政系統の一〇三施設部長の命によって行動すべきであるから、その場合には小川少佐の命令を無視すべきでないのか。混乱した。師田隊長は、どうして現地に連絡してくれなかったのか。このようなどさくさの場合にはとにかく、軍令承行令に従っておけば一応は大過ないが、それにしても隊員を隊長や一〇三施設部本部の所在するマニラに返すことが先決である。ただし、不幸にして戦闘になった場合のひとつの方法は、隊に貸与されている大発（モーターボート）二艘を使用し、夜間にバターン半島に逃げることであり、別には香久丸沈没の際と同じく、適当な筏をこしらえて、これに分乗することであった。

戦闘が始まった際の避難用トンネルはどうするか。さらに隊員に周知徹底させて、バターン半島における集合場所も決めておくことや、携行食、医薬品を分散運搬させることも考えなければならない。敵上陸以前に連絡要務をつくって、幹部をマニラに派遣することも計画するようにすすめた。またもやなぜ師田技大尉は、元旦の来島の際に、今後の処置について相談してくれなかったのかと考えた。いろいろの思いが交錯した。

後ろ髪を引かれる思いで、わずかの身の回り品をととのえ、幹部だけに挨拶して一月三日、桟橋に行った。

コ島に残してきた隊員よ、安かれ。私は彼らの平安を祈る気持ちで一杯であった。

うしろめたい気持ちを抱きながら、マニラに戻って隊長に官報の件を言った。驚いたことに、同時発令の主計長はすでに、十二月二十四日にクラークから内地へ帰還していたではないか！　とにかく私は任地でもないところで、犬死にだけはしたくない。

戦争にたいする心構えが百八十度転回した。今まで、義務のために勇躍、死地に身を投じようとしていた気持ちが転回してしまったのである。それと同時に、不思議に何かしら運命が私を守って死なせないという確信のようなものが湧いてきた。私はその不思議な運命に導かれて、かならず呉に戻るのだ。そしてその後の行動は、死の恐怖から超越してしまっていた。

下士官兵は付表-2に示す中から、三名の水没があったので、六十二名であったが、マニラの二一九設本部には、これらの兵員が大方いた。やはり隊長は、これらの兵員を護衛にして、コ島の工員を見殺しにするのかと、不安に思った。本来ならば、工事現場周辺の警護を固めておき、戦闘になった場合には兵員が中心になって反撃すべきなのに、コ島ではまったく無防備なのである。

今考えると、もっと隊長とこの点について議論すべきだった。その前に、隊に無電機が貸与されていただろうか。何しろ私は、この方面でずぶの素人だった。コ島で緊迫した戦況も知らなかったし、防備司令官がいつ赴任して来たのか、またどんな指揮系統に属していたのかも分かっていなかった。すべて隊長まかせだったのだ。この点にも少し関心があったなら、無電連絡を考えておくべきだったのだ。しかも隊長は、まったく自分の身の安全ばかり考えて、部隊の掌握には無関心だったのだ。これは武官転官の士官の通弊であったと思う。

主計長も、どうしてさっさと内地に飛んだのか。コ島では、工員たちは命をかけて工事をしているのだ。

論争の帰結はわかっていると思ったのだろう。私は何も言わなかったし、隊長も何もいわなかった。

一月四日、柴崎技大尉とマニラ郊外のニコルス飛行場に行き、帰国の便を尋ねたが、すでにただならぬ様相であり、飛行機はまったく飛ばないということで、六十キロ北のクラーク飛行場からならまだ便があるかも知れないということであった。私はコ島にいて戦況にまったく音痴の状態だったので、事情が切迫していることを初めて知らされた。

西田三千夫氏（当時技少尉）の『わが比島戦記』によれば、まさにこの日に一〇三施設部の本部は、マニラからバヨンボンを通る五号道路を通って、バギオ方面に向かって出発していた。[36]

がっかりして宿舎に戻ったところ、明後日六日に三〇一一設営隊がやはり五号道路を経てバギオに向かうから、これに便乗させてもらって、八十キロ北のカバナツアンまで行けば、そこから西に迂回して、何とかクラーク行きの便が見つかるかも知れないということを、柴崎技大尉が聞いてきた。そこで、師田技大尉に、その便で出発する旨を告げた。

師田技大尉は、何も答えなかった。彼にして見れば、副長、主計長、軍医長がいなくなったので、心細かったのであろう。

戦争が近く始まろうという局面で、こんなどたばたが演じられた。

一月六日朝、三〇一一設のトラックが多分、八台だったか出発した。隊長は新井敬造技大尉であった。この部隊は、幸運にも無傷でマニラに到着していた。しかも軍人設営隊であって統制もとれ、着実な上意下達が行なわれていた。新井大尉は昭和十二年、東大卒業の先輩であったが、快く同乗させてくれた。

氏の話では派遣先はセブ島だったが、マニラ到着の頃には、アメリカ軍が来ていて、特根と交渉してバギオに向かうこととしたということであった。私たちはお蔭で便を得たのであるが、師田大尉とまったく違う器量を感じた。

ところが、道路はバギオに向かう部隊で大混雑であった。しかも、ほとんどが潜水艦に撃沈されて、着のみ着のままの難民そのままであることに驚いた。その中には関東軍の精鋭といわれた部隊も含まれていた。敵の潜水艦作戦がボディーブローのように、わが軍の戦力を弱体化していた。

すぐに渋滞に巻き込まれて、遅々として動けなかった。おまけに橋を敵機が爆撃して渡れない。工兵が大童《おおわらわ》で修復する。

といった案配で、夜になった。ところが、さっそくロッキードが乱舞しはじめた。敵はやはり橋を狙っており、ついでに機銃掃射を加えてくる。夜だから退避は容易であったから、機銃掃射は威嚇《いかく》だけだったようである。ところが、三〇一一設では、トラックの一台が故障したというので、いったん基地に引き返して修理をすることとなり、翌日七日に再出発した。

今度はどうやらマニラ市街を抜けることができた。それからは、走行はスムースになったが、何せ夜間無灯火での走行だから、いつ道路から転落するか分からない。トラックの荷台に乗った兵の中の元気のよいのが、「はっしーん!」とか「ていしーっ!」とか叫ぶ。

最先頭車は新井隊長が乗っていて、陣頭指揮である。後続車が揃ったところで前進する。ひやひやの連続であったが、遂に路肩を踏みはずした。道路脇を平行に流れている小川の中に、仰向けになってしまった。私は荷台に他の兵たちと一緒に乗っていたが、幸いすぐ水の上に出ることができた。このあと、仰向けになったトラックの周囲を探っては、荷物を拾い上げた。二、三回探っていたら、人の柔らかい肌に触れた。

「誰かが沈んでいるぞーっ」

私は叫んだ。さっきまで元気に大声で進路連絡していた兵がひとり、荷台の支え板にのどの上に乗られた形となり、窒息していた。私は荷台の上で、この兵のじき隣に乗っていたのだ。

柴崎技大尉は助手席に乗っており、運転手が居眠りするからだと怒っていたが、運転手は、「しょっちゅう叱言《こごと》を言うので、運転に集中できないのです」と小声で訴えていた。

皆でこのトラックを引き揚げて、翌八日は空襲の合間を見ながら、五号道路を昼、突っ走った。途中一回、空襲に出っくわした。グラマンであった。われわれはトラックから飛び降りて伏せた。田圃のあぜ道の段差だけが頼りで、頭を地面にめりこませるような勢いで、伏せた。

バリバリという機銃掃射がすんで、敵が反転するすきに立ち上がって、稲穂のかげに隠れた。今度は見つからなかったらしい。機銃弾の進路を計ると、五メートルは離れている。敵機が通り過ぎる方向に稲穂を回って、反対側に身を隠す。まるで鬼ごっこだ。

数回繰り返したあとで、飛行機は引き上げていった。これもいやがらせであった。トラックも炎上するものはなかった。

とにかく、カバナツアン手前のサンタ・ローザに午後着いた。ここで下車した。新井技大尉は右側のカバナツアンからバヨンボンに向かう車列の先頭車に乗って、その助手席から手を振っていた（図－1参照）。

柴崎技大尉と私は、この隊を見送ってから、左側のタルラックへ向かう車を待った。すぐに陸軍のトラックが来た。ヒッチハイクは容易であった。なにしろ全軍が沸き立って、新しい配備に向かうべく動いていた時期だったから。カバナツアン、タルラック間は四十八キロしかない。二時間くらいでタルラック警備の陸軍部隊司令部について、そこでおろされた。

そこでだったと思うのだが、機関銃による戦闘が断続的に続いていた。聞くと、ゲリラがときどき襲撃するのだということであった。またここでゲリラの活動について聞いた。山の中にアメリカ軍の少佐だかがいて、その指令を受けているという。(37) フィリピンでの戦争は、内地で想像もしていなかった局面があることに驚いた。この襲撃には慣れっこになっているのか、守備隊の将校は平気であった。それよりも彼が教えてくれたのは、アメリカ軍の動向であって、まさに六日、リンガエン湾に侵入してきたが、まだ上陸はしていないというのであった。

とにかく、帰国は一刻も猶予はならない。こんな宙ぶらりんになろうとは。今は私は柴崎技大尉とふたりで、路傍に佇《たたず》む一介の旅行者として、戦争に遭遇しなければならないのか。

その夜は、陸軍の駐屯兵舎に泊まった。やはりベッドだったと思う。

翌日一月九日、タルラックからクラークへ行く陸軍の便があるというので乗せてもらい、二十キロ南下して、クラークに着いた。

クラークではすでに、山に入る準備で大童であった。滑走路上には何も飛行機がなくて、がらんとしていた。到着直前に空襲があったようで、兵隊が怪我をしたのか、「おかあさーん！」と大声で泣き叫んでいた。天皇陛下万歳という叫び声でなかったことが、妙に痛々しかった。

すぐ二六航戦の司令部に行った。

「翼があったら、自分で飛んで行け」

これが参謀だか誰だかの挨拶であった。ちょうどこの日、アメリカ軍がリンガエン湾に上陸したのである。

第六章　二六航戦の戦い

クラークでは、リンガエンに上陸してきたアメリカ軍との戦闘準備のために、西側の山岳地帯に陣地を構築するのに、大童であった。もはや、転勤者を内地へ帰還させるような便はなくなっていたらしい。都合の悪いときに上陸してきたものだ。発令を知るのが、もっと早かったら、主計長のように帰還できたかも知れないし、あるいはもう少し遅かったら、設営隊と一緒に島に残ったかも知れない。すでに、クラークとマニラとの連絡はできなくなっていて、わざわざ五号道路を使って迂回して、やっと到着したばかりなのだ。

事情が事情なので、戦線離脱ではないが、配属でもないところでは、車も使えない。まことに奇妙な立場になってしまった。勇戦奮闘したところで、功名にもならず、戦死したところで、だれも顧みない。呉を出発したとき、まさかこんな立場になると想像できたであろうか。

参謀の連絡があったのか、柴崎技大尉と私は、迎えに来た一台のトラックに乗せられて、一〇三施設部の分遣隊本部に向かうことになった。

途中で、陸軍の航空将校がヒッチハイクして乗り込んできた。彼が言うには、山の中に小さな滑走路があって、今夜ここで数名を乗せて、内地に行くことになっているので、余裕があったら同乗させるという。トラックの運転兵にたのんで、われわれは一縷《いちる》の望みをかけて、彼の行き先に回ることにした。

夕刻、その基地についた。そこはブッシュに覆われた幅二十メートルくらいの平地で、わきにテントが張ってあった。陸軍将校は待っていてくれといって、トラックを降りていった。すぐに途轍《とてつ》もない大声で、叱りつける声が聞こえてきて、将校が走って帰ってきた。

「残念ですが、乗せる余裕がありません。予定より大勢乗ってくるようです」

とうとう、万一の望みが絶たれた。

若いというのは、大変なものである。その時点でもなお私は、希望を棄《す》ててはいなかった。何かの機会が見つかって、私は内地へ帰れるのだ。だってここは任地ではない。私の戦場はここではないのだ。任地に行けたら、そのときこそ死ねるのだ。

やがて始まるであろう戦いに、私は海軍技術中尉の身でありながら、傍観者になってしまった。

私たちを乗せたトラックが着いたのは、一〇三施設部の村山隊というのであった。部隊長は村山宏技中尉で、やはり青島同期であったが、東大では昭和十六年卒業で二年先輩であった。この隊は約五百名の内地、台湾工員から成っていて、その中に三十名ほどの高砂族がいた。昭和十九年の後半には、マニラ南方で三南遣南西方面艦隊司令部隧道工事に従事していた。十二月下旬に敵上陸の気配が強くなったので、艦隊司令部はマニラを捨てて、北部のバギオ方面に移転することとなったが、転進基地としてクラークとタルラックを選び、十二月二十日ごろ、一足先に村山隊が基地整備のために、施設強化隊としてクラークに入ったという。

幹部には、宍戸、浅田、天野各技手、西川書記がいた。(38) その他は若干の内地工員とあとは全部、台湾工員であった。猫の手も欲しいクラーク防衛担当の第二六航空戦隊では、すぐさまクラーク地区施設強化のための、司令部直属にしてしまった。これが村山隊の運命を決めた。

私たちは村山隊の客分ということになった。私たちのほかに、西滋技少佐が一〇三施との作戦連絡のため二六航戦司令部にいたが、後に山に入ってから村山隊に来た。西技少佐は、施設本部部員で、昭和十八年十月に南鳥島の防備計画を策定した人であるが、クラーク基地の防衛計画全般を立案していたものと思われる。

クラーク飛行場には昭和十九年夏には数千機の飛行機がいて、南方戦場の中心基地であった。航空基地は図-9に示したように、北からバンバン、マバラカット東、マバラカット西、第六、クラーク北、クラーク中、ストッチェンバーグ、マルコット、アンヘレス北、アンヘレス西、アンヘレス南の十一滑走路を擁する大基地であった。当然、基地整備は重要な仕事であって、海軍は八月下旬、三〇二、三〇八、三一五、三一八、三三二の五設営隊を進出させようとした。

ところが、三一五設はいったん九月十三日にマニラに到着したのであるが、アメリカ機動部隊のマニラ空襲を懸念する事態が起こったので、北西マシンロック沖に避退後、九月十九日に再入港、二十日物件揚陸を開始したが、二十一日空襲にあい、戦死傷者二百十八名を数え、また揚陸物件の被災を受けている[39]。

また三〇二設は台湾沖で台風に逢い、浸水のためカーバイトが自然発火し、その下部に積んでいたダイナマイト三十トンが引火爆発という事故のために、人員半数と装備を海没。高雄（付近の佐江）で再編成（このとき村松少尉は高雄施設部より編入）という苦難の後、九月末、ようやくマニラに到着した[40]。このため、三〇二設は三〇八設に、三一五設は三一八設に合併の発令が、二一九設などと同じ日になされたのであるが、現地では解隊はなされずもとのままであった。

うち続く空襲と、レイテの海戦、空戦によって、クラークの航空隊は潰滅状態となり、航空機搭乗員は司令以下、台湾に飛び去って、この頃は地上整備員など空戦にも陸戦にも役にたたない者のみが残されていた。三〇二設はキャビテ軍港の地下施設、マルコット飛行場の隧道式燃爆庫を作っただけで、山に入っている。

私もそんなわけで、何がなにやら分からないままに、戦闘に巻き込まれたわけであるが、最近防衛庁戦史室で調べたら、ここに陸軍では山下兵団麾下《きか》の建武集団というのが配置されていて、アメリカ軍と壮烈な戦闘を行なっていたことを知った。建武集団は北に高山支隊、中央に高屋支隊、南に江口支隊がいたという。[41]

海軍の防衛は、飛行場西側の山地に複郭陣地を建設し、持久戦を行なうことであった。海軍部隊の編成は二六航戦参謀吉岡中佐の報告によると表-4に示すようであった。[42]

図-9　クラーク戦区

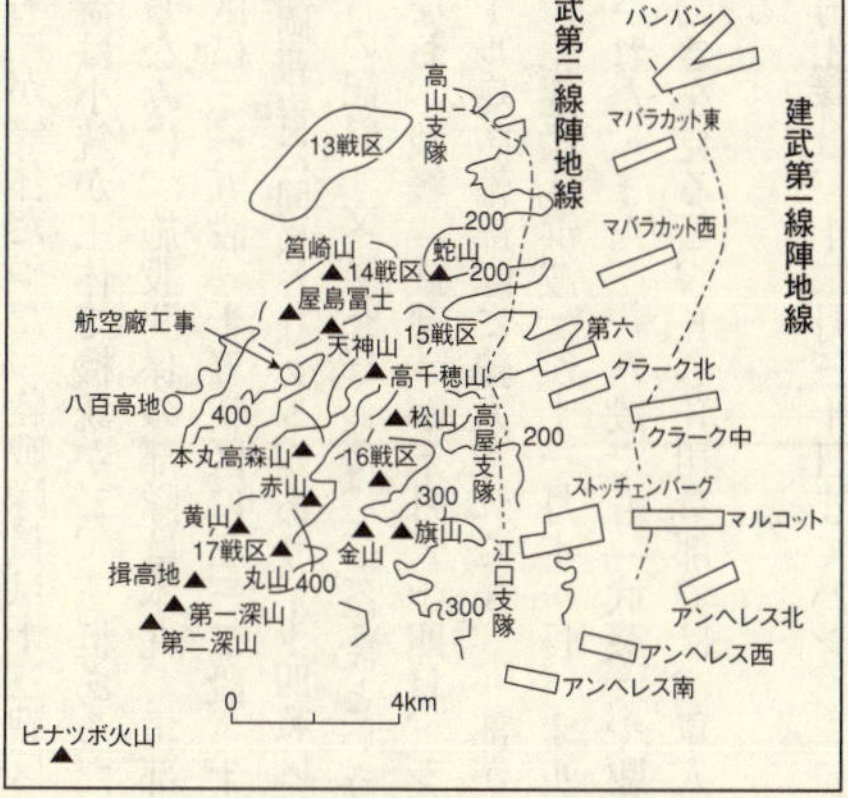

図-9にしめすように、北東に向かう四コの山並みはいずれも標高四百メートルで、そのおのおのを北から十三、十四、十五、十六戦区とし、十五戦区うしろの瘤を高森山と名付け、本丸戦区とした。本丸の南東に十七戦区をおいた。本丸は雷部隊といい、クラーク海軍防衛部隊（KBK）杉本少将指揮であった。その第一大隊は二六航戦司令部、第二大隊は北菲空の瀬戸口部隊、第三大隊は、村山隊であった。別に軍需部、航空廠および一〇三施（村山隊）などから成った非戦闘の後方部隊が作られていた。

しかし、戦闘部隊である各戦区は、いずれも整備兵から成る海軍航空隊（計三千八百三十名）と、施設兵、工作兵から成る軍人設営隊（計二千五百名）および飛行場防空隊（計三千六百名）が実体だった。陸戦隊員は十三戦区に二百名のほか設営隊に若干名配属されているが、火器は小銃が主体で機銃が二、三梃あるだけである。

ちなみに、施設関係の部隊は本丸、雷部隊に一〇三施村山隊、十三戦区に三〇八設、十四戦区に三一五設、十五戦区に三三二設、十六戦区に三〇二設、十七戦区に三一八設であった。[43]《吉岡報告に同様なリストがあり、十四戦区に三三〇設が配属されたとなっているが、施設系技術官の記録＝文献（12）では三三〇設というのは存在しない。三一五設の誤りであろう》

なお、戦艦「武蔵」が十月二十四日、シブヤン沖で沈没後、助けられた兵員は一時コレヒドール島防備部隊に編入された後、一部が十一月末、クラークに来て防空隊員となった。さらに駆逐艦「浜波」が十一月十一日、オルモックで沈没後、残存兵員約百名が三〇二設に編入された。また三一八設でも「武蔵」や駆逐艦「沖波」の兵員十一名が編入されている。この動きを見ると、KBK司令部では、軍人設営隊を重要な陸戦力として期待していたようである。[44]

村山隊は、十二月三十日までバンバンにいたそうだ。私たちが加わってからも、隊は山の中に移動を続けた。平野から山の中へ通じる大きな道路が開削されて、数百に上るフィリピン人を動員して、物資を運んでいた。

フィリピン人は派手なシャツを着ていて、一見華やかであったが、人相は一様に鋭く、ただならぬ気配を感じさせた。後にこれらはゲリラ隊員ではなかったかと疑わせるような雰囲気であった。われわれは夜を徹して物資を運んだのであったが、陸軍では山砲を必死で引き

表－4　クラーク防衛海軍部隊編制

戦区（指揮官）	配備地	編制（施設部、設営隊以外）	施設部、設営隊ほか	航空作戦中の配備	技術科士官名
本丸-雷部隊（杉本丑衛少将）	高森山	26航戦 北菲空一部 転勤旅行者	103施 航空廠、 軍需部、 工作部	ダウ飛行場	西滋技少佐0 柴崎敏行技大尉0 村山宏技中尉2 岩崎敏夫技中尉2
13戦区（中村子之助大佐）	オードネル南西	141空、 201空1/2 北菲空一部	308設	クラーク中飛行場	高橋正治技大尉0 伊藤勤技大尉1 西垣富三技中尉2 播口雅男技少尉2
14戦区（松本真実中佐）	屋島富士 筥崎山	761空、 201空1/2 北菲空一部	315設	マバラカット飛行場	斎藤忠雄技大尉0 石原有一技中尉2 古田敏正技少尉2 今井清司技少尉2
15戦区（宮本実夫中佐）	天神山 高千穂山	37警、 221空 北菲空一部	332設	バンバン飛行場	安部康博技大尉0 中川健三技大尉1 水村　進技中尉1 西村三善技少尉2
16戦区（佐多直大大佐）	赤山、 黄山	763空、 153空、 1021空 北菲空一部	302設	クラーク中飛行場	桐生英夫技大尉1 堂源一技中尉2 岡部豊彦技中尉2 村松邦雄技少尉2
17戦区（舟木忠夫中佐〉	本丸西方面	341空 北菲空一部	318設	クラーク南飛行場	岡沢裕予備大尉 彦坂善道技大尉0 清水眞夫技中尉2

（表－4註：技術科士官名の後ろの番号は0が武官転官、1が海軍技術官32期、2が同33期を現わす、岡沢大尉は32期海軍技術官より1年早く昭和16年東大を卒業し、海軍予備学生をへて予備兵科の士官となった）

上げていた。

補給中隊というのはKBKの指揮下になく、近藤中将直率で航空廠、軍需部、工作部、施設部の一部と、スビック工廠員から成り立っていた。スビック工廠員には、上海から来たという支那人五百人が所属していたが、彼らは台湾人とは異なって、がっしりした体格であった。

敵を目前にして、このような慌ただしい搬送を行なった原因は、吉岡手記によると、冨永陸軍第四航空軍参謀副長山口陸軍少将がぎりぎりまで、飛行場死守を主張して山地への待避に反対したそうである。しかも肝心の会敵戦闘に際しては、十三日にクラークを去り、北部ルソンの飛行場エチアゲに向かった。しかし、この参謀がいなくなってからは、建武集団との配置分担は円滑だったという。[45]

大西一航艦司令長官の決定した戦闘の方針は、峻険な地形を利用した洞窟によって、空襲や戦車の来寇《らいこう》を防ぎ、四百門に達する航空機用機銃と各飛行場にあった百門近い十二センチ高角砲を用い、洞窟間の側方支援によって、敵の進撃を遅らせることとし、これによって我が方の本土決戦に準備の時間を作ることとなっていた。このため、洞窟工事と糧食運搬は作戦の中心で、各戦区における設営隊は、きわめて重要な仕事についていた。村山隊は一月二十四日までに逐次移動して、本丸に辿り着いた。

糧食は陸軍第十四方面軍司令部付き鈴木陸軍大佐の非常な努力によって、約二ヵ月分、塩六ヵ月分が運搬され、海軍の吉岡参謀は非常に感謝している。(鈴木大佐は後にインファンタ地区で戦死)

一月二十五日、白井中尉は二個分隊を指揮して、バンバン製糖会社で糧秣集積に熱中していた。やや大柄な部隊が、白い星のマークとトラックで乗りつけて来た。服装は緑色で、海軍の三種軍装のようだった。陸軍のトラックは黄色い星のマークをつけていたから、何だか変だなと感じた途端、部下の主曹が叫んだ。

「中尉! こいつらはアメリカ軍ですよ!」

先方でも驚いてこちらを見た。

「待避！」叫んでトラックに全員が飛び乗った。先方も軍需関係の部隊だったらしく、大声で叫んではいたが、そのまま見送った。

その翌日から、北方では敵の高山支隊に対する攻撃が始まった。柴崎大尉と私は村山隊に配属となり、幹部として部隊に課せられた命令を実行していった。上に述べたように、部隊は本丸に所属していたので、司令部関係の仕事を果たした。本丸に着くや、さっそく私は航空廠工事を命じられたので、本隊から離れて工員百名で出かけた。隊長は私なので岩崎隊といった。

工事は、本丸とそれに続く高森山を結ぶ稜線の東側に集積してある食糧を、稜線の西側に運び込むためのトンネルを一週間で開削せよというもので、歩掛かりから計算すると、十五日かかるものであったが、参謀はどうしてもやれという。そこで、東と西の両側から掘った。西側は敵と反対だからよかったが、東側はまともに敵の方である。

昼夜を問わずに頑張ったが、工事なかばにして敵の砲弾が炸裂しはじめた。砲弾は「ボン」と遠くで

クラーク飛行場。11の滑走路を擁する大基地だった

音がしたら、「ヒュル、ヒュル、ヒュル」と空気を切り裂くような音が近づいてくる。あわてて、岩の割れ目に身を隠す。岩に当たったら、耳をつんざくような大音響につつまれる。斜面だから直撃さえ食らわなければ、破片は谷に四散し傷つくことはなかった。こんな恐ろしいことは始めてで、しばらく休んでから、おそるおそる作業を続けるという按配であった。何とかして、トンネルができたので、つぎは山の尾根を横切って、稲妻形に塹壕式の連絡路を掘った。これは夜間に決死の覚悟で掘った。この塹壕は、爆弾が落下しても、被害が局所でおさまるようにという配慮であった。これは、夜だったせいか、狙われることはなく、案外うまく開鑿できた。

本丸から赤山の十六戦区にそった道から見下ろすと、滑走路の北側にアメリカ軍が布陣し、南側にわが軍が布陣し、盛んに砲撃戦を繰り広げていた。この隊は江口支隊である。結局、航空機の支援に勝る敵が、わが軍の火器を制圧したようであった。

この観測の最中にも、われわれのいるところにも、砲弾がヒュルヒュルと音をたてながら狙ってくる。音の方が先に近づいてきて、今度は頭の上を通り越し、谷で爆発する。この現象は今でも分からない。砲弾の速度は音速より遅いのだろうか。頭を捻りながら、避退する。敵の攻撃で奇妙なことが起こっていた。それはわが軍の上空に、低高度で妙なセミのような爆音をたてて、飛行機がゆっくり飛ぶのである。まだヘリコプターは開発されていなかったが、観測用に作られたものらしい。これで精確に目標に砲撃をくわえて来る。ゆっくりしていたから、高射機銃で落とせそうに思ったが、撃墜したのは見たことがない。反対に複郭陣地に入れた高角砲は、二月上旬までには完全に破壊されてしまった。

さらに吉岡報告によると、二十五ミリ機銃もひとたびアメリカ軍に発射するや、猛烈な集中砲火を浴びて、二月中旬までに潰滅してしまったという。

二十七日から月末までに高山支隊と高屋支隊の中間に陣地を築いていた陸戦隊（隊長小笠原海軍大尉）は潰滅的打撃を受け、逐次十三戦区に収容された。その小銃は十三、十四戦区の転用であったので、雷部隊から補充がなされた。同時に一月二十九日、三十日と高山支隊第二線陣地に猛撃が加えられはじめた。

一月三十日にアメリカ軍は、クラーク飛行場で国旗掲揚式をおこなったという。また二月上旬、わが軍では、十四戦区前方草原に五十名の特攻伏兵が地雷を携行して配置された。ところが、観測機に簡単に発見され、戦車の集中攻撃を受け全滅した。

江口支隊もさがってきて頑張っている間に、この頃より私たちの仕事は、運びきれずに前線に残っているKBK司令部の糧食を、できるだけたくさん後方に輸送するというものになった。私は常に輸送隊の指揮官になった。内地工員が数名班長になり、ほかの大部分は台湾人工員であったが、彼らは糧食をドンゴロスに詰めて、背負い紐を二の腕にかけるという独特のスタイルで、ねばり強く確実に運搬した。

どうせ明日を知れない身である。私は工員に、特別手当として乾パン三枚と缶詰一個ずつを渡した。たいてい鮭缶だった。このお陰で、この危険な作業を皆、喜んで引き受けてくれた。

いつだったか忘れたが、私は単独で状況把握のために歩いていて、川原の中の藪知らずに迷い込んだことがある。周囲は背丈より高い藪だったので、ほかに何も見えず、本隊の方向に歩いていたつもりが、出口が見つからず、二時間ほど同じところをぐるぐる回っていた。あせって慌てるほど方向が分からなくなった。

「八幡の藪知らずだなー」私はひっくり返って、しばらく気を沈めていた。

村山技中尉は、後方集積地の選定や運搬された物資の集積保管に大童であり、その上KBKとの連絡をおこなった。二月七日、八日と、猛烈な砲撃や爆撃が、北方では高山支隊第二線陣地に、中央では高屋支隊の天神山陣地に、南方では江口支隊第三線陣地に加えられていた。

二月九日、中央天神山で頑張っていた高屋支隊が、後退命令によって高森山に集結してきた。私たちは食糧運搬の途次、後退してゆく兵士、戦傷して後退してくる兵士たちを見ることが多くなった。意外に陸軍は、頑強に陣地を固守するではなく後退してくるように感じられた。

糧食集積地は尺取り虫のように、逐次後退するので、私の隊はたいてい友軍が撤退して、敵がまだ進出して来ていないような中間地帯で行動した。中には所属部隊から置き去りになって、私たちに連れて行ってくれと頼む者もいた。彼らは数個の乾パンと自決用の手榴弾を渡されていた。

これが歓呼の声に送られて出征した皇軍兵士の末路なのか。彼らの腹には千人針が巻かれているに違いないのに！

台湾人の工員たちも勇敢であった。私は彼らが弱音を吐いたことを聞いたことがない。あるいは台湾語では呟いていたのかも知れないが、私の理解できる態度で反抗した者はいなかった。

九日、江口支隊第三線陣地の旗山、丸山、金山が攻撃され、旗山は奪取された。しかしなお丸山、金山では、江口支隊は戦闘を続けていた。しかし、その陣地の保持も一日程度であった。そして、二月十日から、海軍複郭陣地への攻撃が始まったのである。この頃までに、洞窟は各戦区あわせて一万メートルの目標に達した。

アメリカ軍は陣地がなくても、猛烈な砲撃と爆撃で林を焼き尽くし、視界が開けてから、ブルドーザーで道路を造った上で、戦車が侵入してくるもので、日本軍のように匍匐《ほふく》前進とか、樹間に待避などしないので、こちらから見ると、のそのそ立ったままやってくる。しかし、とにかく無茶苦茶にたくさん撃つから、こちらは黙って死ぬまで撃たれたのではかなわない。やむなく後退となってしまう。

第一線では小銃のみの散兵線でも、地雷を携帯した伏兵でも、すべて観測機に発見されるや、猛烈な砲撃により死傷してしまった。

非戦闘の糧秣部隊は、上空遮蔽に気をつけていれば、敵が急迫することはなかったから、十分後退の余裕はあった。われわれの隊はこんな調子で、食糧集積所と本隊との間を、毎日二ないし三往復したから、輸送路には当然、弾が飛んでくるし、集積所への行きに通ったときにあった密林が、荷物を担いで引き返すときには、丸裸にされているのもこの目で見た。

複郭陣地への攻撃は、十五戦区に対し十一日から、十四戦区に対し十五日から、十三戦区に対し、二十二日から開始されたと、戦記では伝えている。

二月二十日から二十五日ころまで、数千発の砲弾が飛んできた。第一線の十三戦区の左翼方面を守っていた高山支隊は、北方台地で狙い撃ちされていたから、多数の死傷者を出しながら後退していたが、二十七日夜、オードネル方面に避退した。十三、十四戦区方面は、同様に二十六日、二十七日には陣地を放棄した。この方面より迂回して来た敵は、背後より攻撃の意図を持って、二月末に一部は八百高地をつき、他の一部は本丸を狙いはじめた。

洞窟の入口前面に位置すると、ほとんど直線弾道で狙い撃ちをする。中にいると生き埋めになったり、爆煙により窒息する。脱出したら機銃の集中攻撃である。味方の反撃がなくなると、アメリカ軍は悠々と山に登り、馬乗り攻撃を仕掛け、手榴弾、爆破薬を投げ込んだ。[46]

この時期、十四戦区で戦っていた三一五設の石原有一技中尉、今井清司技少尉、古田敏正技少尉が戦死した。戦況から見て、敵進攻の正面であったので、砲撃によるものであろう。これらの士官たちはいずれも、性格の真っ直ぐな快男児であった。[47]

十五戦区も江口支隊とともに頑強に戦ったが、同じころ潰え、一部は後退を始め、十七戦区と合体した。三月六日、本丸後方の台地が十四戦区裏側より敵に占拠された。陸軍の塚田集団長、海軍の杉本KBK指揮官は、三月六日ないし七日に十七戦区へ移動した。

本丸に敵が近づいて来たので、村山隊はその前三月五日に本丸を脱出し、岩崎隊はさらに二日後の三月七日に脱出した。途中、八百高地にまで進出してきた敵と遭遇した。輸送隊を一緒に指揮していた藤原安雄君が戦死した。このときも至近距離で銃弾が飛んでくるだけで、別に怖いという感覚はなかった。ほかの台湾工員も何人かは死んだと思うが、忘れてしまった。藤原君の戦死の日は三月八日になっているところから、一日重傷で苦しんだのではないだろうか。とにかく村山隊の内地工員では初犠牲者であった。

かくして三月十日、複郭陣地放棄後退の命令が出て、後退を始めるまで一ヵ月この陣地で戦った。

後退途中、陸軍の斬り込み隊が夕闇に紛れて進発するのを見た。突然、藪の中で大きな申告の声がする。

「○○軍曹ほか何名、只今より出発いたします。」

彼らが帰着したのかどうか。陸軍の兵たちに聞いて見ると、皆いなくなると言う。中には成功するのもいたであろうが、たいていは戦死か、行方不明となる。戦線離脱者をつくることにもなるような気がした。

陸軍の兵たちが一個分隊くらいで、勢いよく後方の山の方に向かう。

「どこに行くんだ？」声をかけると、

「バギオに向かいます」と言う。

こうした兵たちが目立ちはじめた。

クラークの敵軍は、飛行場確保の目的を達したと考えたのであろう。追撃はゆっくりしてきた。ただ爆撃と砲撃は執拗に続けていた。この作戦はアメリカ軍の人員の消耗をできるだけ押さえ、日本軍に対しては有効な打撃を繰り返すというもので、こちらはトンネル、樹間遮蔽、糧食輸送しか手がない。

敵の追撃は以上のようだから、緊迫した白兵戦による屍山血河というものではない。砲爆撃による死傷が多いので、戦闘にはならず、とにかく爆撃のときは樹間に隠れ、砲撃のときはできるだけ弾着点を避けるほかに、手がない。このような手段を講ずれば、第一線でないわれわれは、あまり恐怖は感じなかった。村山隊も岩崎隊も運搬、瀬振《せぶ》りの建設によくまとまっていたように思う。

台湾工員を主力とするわが隊は、相変わらず司令部の後尾（敵側）にいて、この尾根づたいに後退していった。夜は道の上に携行の毛布を敷いて寝る。頭の上を曳光弾が跳び過ぎる。疲労と慣れで、グッスリ寝る。雨が降ってきたら、毛布を頭から引っかぶって、やはりグッスリ寝た。よく内地に帰った夢を見た。

「お母さん、帰ったよ」そして、おいしそうな〝おはぎ〟が目の前に出るのである。夢はそこで消える。目が覚めると、相変わらずの砲弾の下。

「やれやれ、戦争だったのか」がっかりしながら、また毛布を頭からかぶる。

別の夜。今度見た夢は、帰還船に乗っていて日本の港に近づいている。これは夢じゃない

沼津訓練時代の著者（前列左端）。多数の戦友が戦死した

んだぞ、と夢の中の自分が確かめている。大丈夫、大丈夫、大丈夫。繰り返しているうちに目が覚める。相変わらずの砲弾の軌道の下で。

私は死ぬ気はしなかった。変な運命のいたずらでこんなところにいるが、ここは私の死に場所ではない。ここは転勤途中の仮の宿なんだ。だから、神様がかならずその場所に私を連れて行って下さるのだ。

だから私は、ほかの人から見たら、かえって勇敢だったようだ。村山技中尉も同期のよしみからか、いつも私に司令部からの危険な命令をやらしてくれた。私は彼の友情に応えた。

私は今は事実上の村山隊の幹部だった。糧食輸送隊は村山本隊とは別に八百高地に向かい、司令部糧食を運搬していた。さきに述べたように、三月七日、十三戦区方面より迂回してきて我が軍の背後を衝こうとしたアメリカ軍と正面衝突した。猛烈な弾雨にさらされ、岩崎隊は潰滅、生き残りは本隊に復帰した。

柴崎技大尉には、村山隊長の上級者という身分上の関係からか、何の役割も回ってこなかった。こちらは後ろ向きに己れの不運を嘆いていた。彼は私を嫌な目で見つめることが多かった。

「コイツを迎えにコ島に行かなければ、帰還に間にあったのに！」

これがその理由だったのではなかろうか。私は彼とはなるべく目が合わないようにした。

三月十日から十五日頃の朝、宿営地の裏の林で西滋技中佐がピストル自決された。

「駄目だ。駄目だ」西さんは、小柄で丸っこい顔つきであった。戦いの前途を悲観する感想を、よく述べておられた。先が見える分、われわれ若い士官とは、戦局の受け取り方が違っていたのだろう。

「何とかなりますよ」私が慰めても、どうしようもなかった。

三月七日の糧食喪失を、瀬戸口中佐に激しく叱責されたためだという説もあった。村山技中尉は怒っていたが、私には何も言わなかった。

三月十一日、司令部は奥山発、十七戦区南西方面揖高地へ、十五日に第一深山へ、二十六日、第二深山へと奥地に向かってさがっていった。わが村山隊では、はじめは比較的に病死者は少なかった。十六、十七戦区はなお精兵を擁し頑張っていたが、十三、十四戦区が崩壊し、アメリカ軍による包囲殲滅の危険がでてきたので、三月二十日、両戦区の放棄が命令された。ただし、北方はなお高屋支隊、星野少佐隊と十三、十四戦区残存兵力により抵抗をおこなっていた。

全複郭陣地の放棄は、三月二十二日午後十時と命令があった。にわかに、バンバン川の河谷沿いでは、各戦区の兵士たちが後退してきた。第二次海軍戦区の指定はなかった模様で、ほとんど全戦区がこの谷に集中してきたようだった。

ここで、十三戦区からは三〇八設の西垣富三技中尉、十五戦区からは三三二設の西村三善技少尉、十六戦区からは沼津で教官だった三〇二設の桐生英夫技大尉、青島同期で同じ設営隊の堂源一技中尉、村松邦雄技少尉、十七戦区からは一期先輩の三一八設の彦坂善道技大尉、同期の清水真夫技中尉などという戦友に出会った。この人たちは軍人設営隊を指揮していた。出会った戦友たちは皆一様に暗い表情で、言葉が少なかった。忙しい輸送の合間だったので、友人たちとはわずかの会話を交わしただけだった。

私は会わなかったが、岡沢裕予備大尉が三一八設営隊にいられたそうだ。氏がクラークにおられたことは、昭和五十七年頃、氏から送られてきた氏の著書で知った[48]。氏は村山技大尉（当時技中尉）と東大同期であった。海軍予備学生出身で、当時三一八設副長であったという。氏の著書では、柴崎技大尉に二月十日ころ逢っている。高森山（本丸）うしろの崖下だったらしい[49]。

河谷を撤退する我が軍に向かって、敵が盛んに機銃掃射を浴びせてきた。機銃は爆音が近づく時間や方向が分かるので、それるなと思うと心配しなかったし、こちらに来るなと思われたら、安全そうな岩陰に飛び込めば、そう滅多にやられはしない。運悪くやられた兵の死体は、無惨であった。中に息を呑むような光景も目にした。その兵は頭の半分を飛ばされて、その飛んだ頭を手に受けていた。兵の目は、茶碗のようにもがれた頭をもち、欠けた頭に継ぎ足そうとしているようであった。

空襲がないときは、水浴する兵もいた。不潔にすることは、殊に戦場では命とりだった。ただ、その隙に持ち物を失敬されることがあったが、お互いに不自由だし、いつ死ぬかわからなかったから、騒ぎ立てる気にはなれなかった。

三月下旬になって、退避の道は高原に差し掛かった。道端に兵たちの死体が間断なく並ぶようになった。早くから戦線を離脱していった兵たちなのであろう。多くはマラリアによる体力消耗のためであった。マラリアになると、四十度くらいの高熱になり、意識が朦朧《もうろう》として身体が動かなくなる。このままキニーネを飲んでじーっとしていると、二、三日で熱が引いてゆき、皆と一緒に行動できるようになる。が、発熱のまま何の手当もせず無理して動いた場合、栄養失調が重なって死んで行く。眠るがごとく、二度と目覚めないのだ。もひとつ、全身がむくみ、赤い大きな仁王様のようになった死体がある。これはどうしてだろう。栄養失調のためか、ビタミン不足のためか、マラリアのためか。分からない。

部隊として行動しているのであれば、戦友が穴を掘って埋めてゆくから、これは離れカラスだ。つまり本隊と離れた小部隊では、計画的な食糧補給と医務に見放され、ただ戦線を離脱して歩いている間に死んでしまうのである。

そこら中に蠅が飛び回っていて、死にかけた兵にはすぐに、卵を生みつける。蛆《うじ》は直ぐに繁殖しはじめ、死体を営養源として大きくなってゆく。数日のうちに死体は蛆に食われて、身体が欠けてゆく。蛆が真っ白に死体に取り付いていて、骨だけが残ってゆく。しかし哀れなのは、その兵が持っていたノートだの、家族の写真だの、葉書だの、千人針だのが骨と衣服と一緒になって残るのである。

何しろ数え切れないくらいの数だから、そして自分たちも明日が我が身だから、持っていってやれない。こうして悲惨な戦病死者の数が増えていった。

むごたらしい。二度と思い出したくない。これがその経験をした生還者の気持ちだった。

三月二十九日、秋山禮次君が、マラリアのために衰弱死した。

四月二日、爆撃を受けて、永田勇君が戦死した。周辺の隊に比べて、被害がすくなかったのだが、ようやく、ボツボツと戦病死者が増えてきた。

その後、標高千七百四十一メートルのピナツボ火山の近くまで後退した。この火山は一九九一年頃に噴火して、火山灰のためにクラーク飛行場も一時使用不能になったことがある。戦争当時はまったくの休火山であった。ここまで来ると、敵の砲撃もよほど遠のいていた。しかし、糧食はあと十日分を余すだけになっていた。

ピナツボ山西側にネグリート族の居住部落があって、芋畑がある。大きなものではなかったが、住民はいなかった。四月十三日頃、村山隊はその瀬振りに住みついて、芋などを掘って食糧の足しにした。

ここでの村山隊の残員は二百五十名、ここで司令部より食糧が補給され、村山隊は司令部の糧秣運搬、司令部施設建設、自隊食糧後送を続行していた。

四月はじめ司令部では、弾薬もほとんど消耗し、食糧も二十日に過ぎないことから、現地自活に移り、ゲリラ戦を展開することになって、四月五日に振令作第一号を出していた。これは「各部隊五十ないし百名ごとに分かれ、ピナツボ山西方で自活せよ」というものであった。われわれがこの命令を知ったのは、村山隊長が司令部に連絡に行ってであり、四月十八日であった。

吉岡報告によると、この時点での残存兵力は司令部三百名（七百五十名）、十三戦区五十名（千七百名）、十四戦区五十名（二千二百名）、十五戦区百五十名（二千名）、十六戦区千三百名（四千名）、十七戦区五百名（千五百名）〈括弧内は当初〉とされている。[50] 十三、十四戦区は敵の力攻の正面だったので大きな損害をこうむったこと、十五戦区はそれに次いでいること、十七戦区は第二線だったこと、十六戦区には敵の攻撃が緩かったことなどが看取される。

振令作第一号は、ラバウルやニューギニア、エフマン、ソロの自活体制への移行の戦訓に習おうとしたものではあるまいか。しかし、当時われわれには彼らが行なったような森林を伐採し、農地を開墾し、種子を蒔《ま》いて成長を待つかたわら、籾を搗《つ》き、動物を飼ってその繁殖を待つなど思いもよらぬことであった。また、南方では海岸に接していたから漁労もおこなったと聞くが、ここピナツボ山中では望むべくもなかった。

わが軍は、いまや軍隊としての指揮系統が崩壊してしまった。中隊、小隊、班単位に分散した各隊は、食糧も残り少なくなり、マラリアに冒され、ゲリラに襲撃されるなど、厳しい生存の場に投げ込まれていった。

第七章　村山隊の行く道

われわれは、始めて司令部を離れて独自に行動することになった。

村山隊長が幹部を集合させ、振令作第一号を説明して皆の意見を聞いた。われわれは比較的早く芋畑地帯を占拠していたのであるが、五月上旬には逐次、他部隊が後退して来た。食糧の争奪がようやく深刻になってきた。このまま当地に留まったならば、防備力のない工員部隊は、かならず餓死に追いやられるであろう。それに食糧も大部隊を養うほどにはなくなっており、副食物なしの米一日百グラムであった。

そこでわれわれは、食糧が豊富であろうと予想された西海岸イバ付近への進出を計画した。隊員数はこれまでに漸次、減少しており、ことに八百高地の激戦のあと、二百五十名ほどに激減している。

「やはり分散しないで、頑張った方が良いと思います」

西川書記が言った。

「どうして？」と隊長。

「身体の弱い者もいるし、それに台湾人は判断能力もないし、ここで彼らを離すのは、可哀そうです」

「しかし、皆で一緒に行動するだけの食糧もないしな」

宍戸技手が言う。彼は東北出身で、髭の濃いずーずー弁の男であった。背が高く、内地工員から一目おかれていた。内地工員は台湾工員と一緒に行動することを、負担に思っている様子であった。

しばらく沈黙が続いた。

この問題は、村山隊が第一に解決すべき課題であった。

「仕方がない。じゃ希望者だけ分散することにするか」

「賛成」思いがけなく浅田技手も手を挙げた。浅田技手は細面の、優しい顔立ちで呉施設部で知られた技手だった。

希望者を募ったところ、内地工員約二十名はほとんど分散を希望した。彼らは、宍戸技手が指揮者となって、四月二十日、西海岸イバ方面に向かって出発した。イバは第二章で述べたように、二一九設営隊がマニラ赴任の途中、潜水艦にやられて、上陸待機した街である。敵が来ていなければ、海岸で船を探して、台湾に向かうことも可能かなというのである。

浅田技手は、内地工員四名とともにバギオ方面に向かうと言って出発した。われわれの隊には、戦前ミンダナオ島で働いていた住友鉱業嘱託の喜戸、向井両氏ほか五人ほどいた。やはり外地で仕事をしていただけあって、謙虚で辛抱強かった。

あるとき、私にこんな話をしてくれたことがある。それは陸軍中野学校出身の情報部隊員のことで、その人たちは業務も名前もすべて秘匿されていて、どんな局面でも従容として国家の秘命を果たすそうだ。そして彼らの名前もどんな業務だったかも、永久に誰にも知られない。ただ知っているのは、直属上官のみなのだという。

だとしたら、特攻隊員とも比すべくもない。このようにして国家に尽くすという崇高さは本当に眩しい。戦地のわれわれは、白骨と化し、蛆に食われても、もって瞑すべきことなのか。

図-10　ピナツボからザンバレス分水嶺域

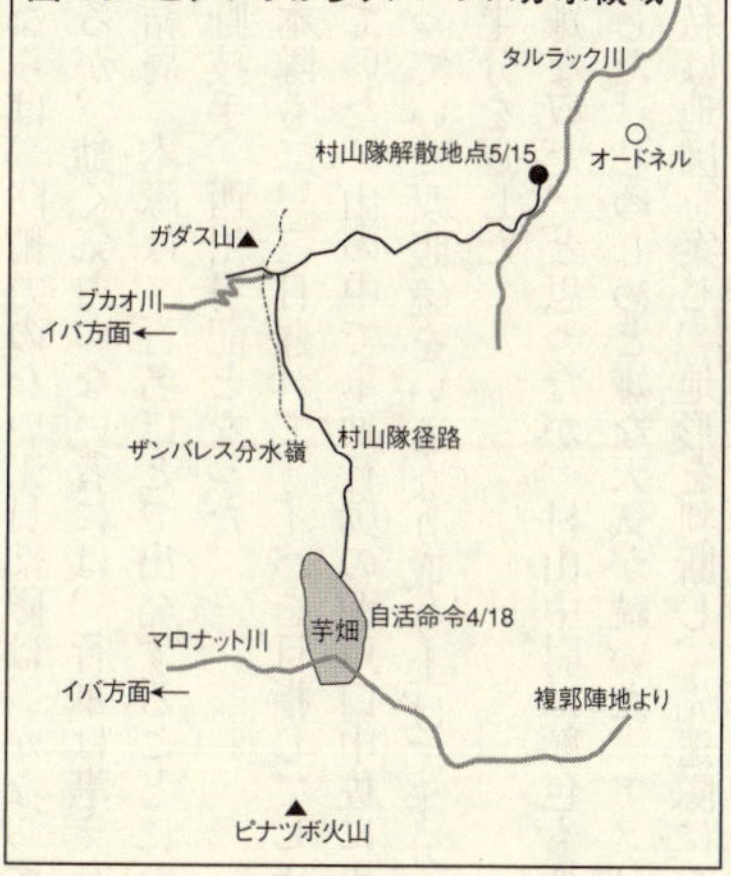

この人たちはマニラ方面をよく知っていると言い、逆に南下を希望して離れていった。日本人というのは、どうも独立不羈の性質が強いようである。また他民族との協調が苦手なのではないか。内地工員で残っていたのは、武蔵君だけになってしまった。

反対に、病人や希望者は芋畑に残留して自活したいという。この頃には逐次、他部隊が後退して来て、芋畑を荒らしはじめていた。さきに考えたように、このまま当地に留まったならば、防備力のない工員部隊は、かならず餓死に追いやられるであろうと説得したのであるが、動く気力のない者には、行軍は堪えられないもののようであった。

結局、本隊は二百名ほどで出発することになった。幹部では柴崎技大尉、村山技中尉と私、天野技手、西川書記となった。

本隊も二、三日遅れて、イバを目指してピナツボを出発した。この行軍のときは雨季になっていた。山の中で単独行動の瀬戸口中佐に出会った。彼は高慢な艦隊参謀で、村山中尉が持っていた双眼鏡をいきなり取り上げて半分に解体し、「俺がもらってゆく」と言って、残り半分を返した。

嫌な奴だ、と思ったが、村山中尉は顔色も変えず静かであった。私は彼の素晴らしさに感動した。じめじめと嫌な天気が続いた。アメリカ軍の攻撃は何もなかった。

私は地図を案じ、地形を判断し、先遣隊になって前方を偵察し、安全を確認しては本隊を誘導した。台湾工員は戦闘訓練なく勇気と決断に欠け、臆病だったから、彼らを引っ張ってゆくのは並み大抵の苦労ではなかったが、反面、平和時の自活力、瀬振り建設の技術、牛豚の料理法、ワナを仕掛けて鼠や蛇を捉える術に長《た》けており、頼もしい同伴者であった。それに台湾民族はほとんどすべて誠実であった。信義に厚いことは、大和民族よりも優れていると思う。

さて、本隊はイバ川上流ブカオ川の河谷に沿って、西に向かっていたが、四月下旬、久しぶりに、敵機の飛来音を聞いた。見ると、一本南のマロナット川に沿って、白煙があがっているではないか。

これはアメリカ軍がイバにいるということで、日本軍のイバへの進出を阻止しようとしていることを意味する。このままイバを目指すことは危険であると判断したので、急遽、方針を変更して、ブカオ川を上流の方にガタス山の南麓までひきかえした。峠に着くと、今までの東西方向の河谷と直角に、分水嶺に沿って、南北の方向に通じる小道が交差している。われわれはこの分岐点を、さきには西に下ったのだが、分岐点から北上するか、東に向かうかで意見が分かれた。

北上するのは、リンガエン方面を通って、バギオに近づくことになる。東に向かうのは、オードネルからタルラック平野に降りてゆくことになる。

結局ここで、台湾工員のみ、百五十名が北に向かうことになり、村山隊は残りの五十名ほどになってしまった。バギオ行きの方が魅力があったのであろう。

それからは、オードネル川の河谷を下った。私は相変わらず、先遣隊を買って出て、工員数名をつれて四キロほど前進しては、安全を確かめながら本隊を誘導した。食糧は乏しいながらも、やはり一日百グラムは食べさせた。護衛に拳銃を持っていたので、休憩の時を利用しては手入れをした。

台湾人の作る料理は油を使うので、栄養は比較的良かった。彼らはじつに巧みに竹でわなを仕掛けた。蛇とか鼠がかかった。蛇は、小鳥の焼き肉の味がした。鼠は内地と違って、綺麗な毛並みで、全然不潔感がなく、上等の蛋白源であった。雨もあまり降らず、われわれは快適な行軍を楽しんだ。台湾人の行軍は面白い。大きな鍋や釜を天秤にぶら下げて、二人して担ぐのである。

あるときは、台湾料理と日本料理の優劣について議論した。彼らは日本料理は味がなくて、美味《おい》しくない、と言う。確かに、フィリピンのような南方では、台湾料理の方が身体に良いのではないかと思われ、議論はそこで終わる。

途中落伍する者があって、五月十四日、分岐点から二十キロ東のオードネル川を挟んでオードネルに対する地点に達したときは、本隊は四十数名となっていた。

ここでたまたま私は、マラリアで発熱した。

「岩崎中尉、今日は俺が偵察に出るよ」

隊長が声をかけて来た。

「すみません。よろしく」

私の代わりに村山技中尉が、天野技手、西川書記や、台湾工員三名とともに、偵察にでかけた。

本隊では食事の準備などをしていた。二時間ほど経ったろうか。

「やられました!」一人の台湾工員が走ってきた。がたがたふるえている。そこへ、村山技中尉らが戻ってきた。聞くと、池のある付近でフィリピン人に出会ったそうである。じつは村山技中尉も私も、フィリピンに到着してすぐ戦いに巻き込まれたので、ほとんど現地人と接触したことがない。いわんや、日本軍の蛮行などまったく知らなかったので、彼らがわれわれに反感を持っているなど、想像したこともなかった。

天野技手が、「ハロー」と手を振ったそうだ。タルラックまでどのくらいかとか、アメリカ軍がいるかとか尋ねるつもりだったのだ。

「そしたら、いきなりパンパンと射って来たよ」

その工員が言う。天野技手は射殺され、ほかは青くなって一目散に逃げ帰ったのだ。仰天した。われわれの敵は、アメリカ軍のほかに、現地人もいるということが始めてわかった。

今にして思えば彼らの耕作物を荒らし、家畜を奪い、住居を占拠したりしているのだから、恨み、憎しみを募らせていたのは、無理からぬことだったのだ。われわれは軍隊に命まで供用させられ、これが祖国を救う尊い行為なのだと教えられ、信じ切っていたから、国家が他国民に強いる強要も戦時中なれば許してもらえる、戦後はそれなりの謝恩をすれば良いと、考えた向きがあったと思う。

甘かった。本隊はその後、現地に到着。遺骸を葬った。この頃、私自身はマラリアで発熱していたので、本隊追究は容易ではなかった。

「頑張って下さい」

西川書記が励ましてついてきてくれた。キニーネのお蔭からか、発熱はその日一回きりであった。

その夜、われわれは今後の行動について協議した。

当初の予定では、アメリカ軍の目を盗んで、タルラック平野を突っ切り、バヨンボンから北部山地に取りつくつもりであった。しかし、これは、現地人の協力があっての話である。兵器もなく、大釜を天秤棒で担いだのでは、絶対無事には平野を突っ切ることはできない。小人数なら釜を持ち運ぶ必要もない。これからは、隠密、秘匿行動になるから、どんな行動を取るにしても、四十名がまとまって動くわけにはいかない。

そこで結論は、これ以上の集団行動は無理と判断し、十名ずつの四隊に分かれることとなった。分散時の配布食糧は各人五百グラムで、相談一決した。各隊の指揮は村山技中尉、柴崎技大尉、台湾人の葉医師と私とになり、台湾人にはどの隊につくかを希望させた。すぐに私の隊は希望者がオーバーした。多分、食糧運搬とか、ルートの先導で、頼もしく思われていたためだと思う。これは青島で指揮官先頭を叩き込まれていた賜物であったと思う。残っていた内地人幹部の西川書記も、私の隊を希望した。

集合約束場所はスラであった。スラはタルラック西十キロの集落であり、目的のバギオに潜入するためにはそこからバヨンボンを経由することになるのは、マニラから逆に辿った私には分かっていた。スラが田舎の集落ならば、一応安全な場所であろうという見通しであった。約束の時刻については、決めたかどうか忘れてしまった。

第八章　台湾工員らとの山中自活

岩崎隊では私のほかに、西川書記と、台湾工員八名が決まった。趙揚騰《チヨヨウトウ》は名前を覚えているが、あとの台湾工員七名については、彼らが日本語を知らないのであまり会話を交わしたことがなく、そのため名前を正確には覚えていないので、以下には仮に王揚、鄭周穆、陳乾明、謝連義、済逸明、簡振岳、寥張富としておく。

帰属が決まったので、私の隊はさっそくその夜出発した。

西川書記は真面目な性格で、顔だちはどちらかと言えば、四角っぽかった。顔色は白く、年は私より二歳ほど若かった。皆の持ち物は、米が各自五百グラム、雨合羽、山刀、飯盒、手拭い、衣料、携帯袋くらいであったろうか。私はそのほかにマッチ二箱、キニーネ一瓶、長さ三十センチの自転車チューブに詰めた塩、拳銃、小銃、弾薬少々を持っていた。もちろん母から贈られた千人針は、大切に腹に巻いていた。

眼鏡がぶらぶらして落ちてはまずいので、紐でつるを縛って、頭の後ろで結わえていた。

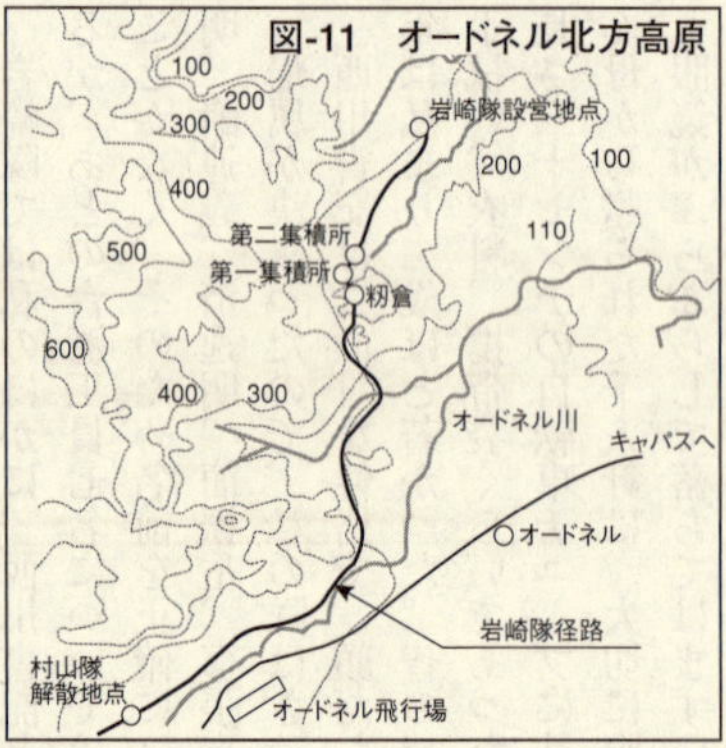

図-11　オードネル北方高原

地図が欲しかったが、村山隊長は渡してもくれなかったし、紙や鉛筆がなかったので、写しもできなかった。そこで、山の走り方から、ごく大雑把に方向を見きわめた。

出発は夜だったので、大胆にオードネルに向かって進んだ。だいぶ進んだところで、照明弾があがっている。これはアメリカ軍がいるという標識になる。そこで、照明弾から遠ざかるように、山の斜面に取りつく。

夜が明けると、目の下にオードネルから奥地へ向かう道路が見えていた。そこで、その道路を眺めながら、眠ることにした。

正午ころ、車のエンジン音が近づいて来る。草薮に身を隠して見ていると、ジープが一台、街道を山奥の方向に向かう。

しばらくして引っ返してきた。警邏《けいら》のためらしい。「異常なし！」くらい報告して、昼の業務は終わるのであろう。

「馬鹿馬鹿しい」私はそっと呟く。山奥では、友軍が必死に生き延びようとしているのに！

雨が降らないと、この旅はのんびりした旅である。

道にはそのほかは何も通らなかった。夕刻、もう一回ジープが往復した。夜になって、川に降りて、照明弾を眺めながら、飯盒炊爨《はんごうすいさん》をする。腹がくちくなったので、また山にあがって山腹でぐっすり寝た。

長居する必要もないので、とにかくスラに向かって、北上を開始する。時に五月十八日朝早くであった。すぐ山に入る道に導かれるままに北に向かった。始めは東側に平野が見えていた。さらに谷川に沿って一段高い盆地にいたった。

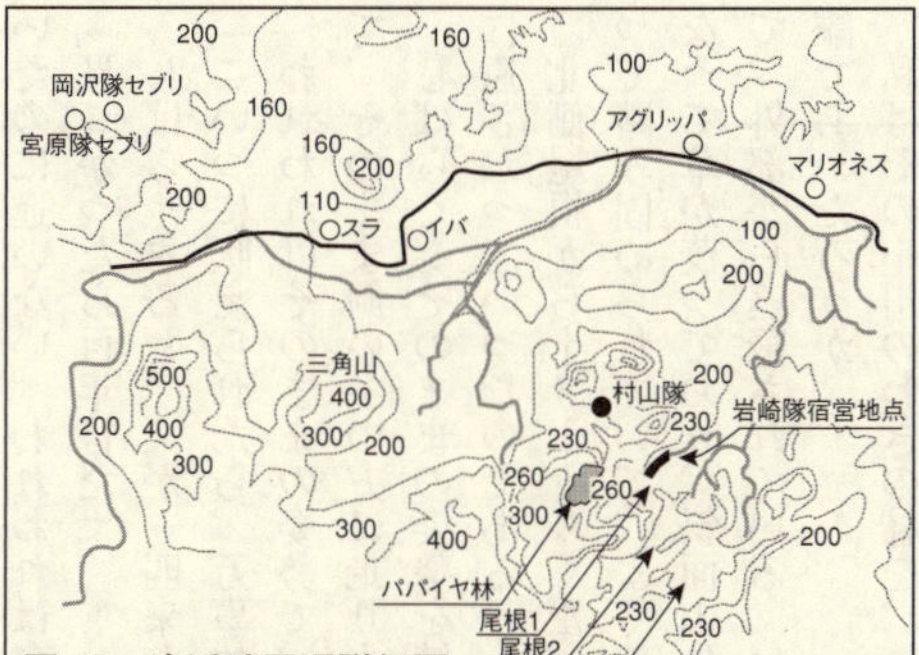

図-12　自活地周辺詳細図

この盆地は北側と東側が小高くなっていて、その上に林が茂っている。東側の斜面の中途に小屋が見えた。私たちは警戒しながらその小屋に近づき、中を覗《のぞ》き込んだ。なんと、そこには籾《もみ》が堆《うずたか》く積んであるではないか！

多分、戦火を避けて住民が籾を隠していたのに相違ない。はなはだ申し訳ないことであったが、われわれにとっては恵みの食糧である。すぐに十人に指令して、籾束を持てるだけ持って、北側尾根を越えた林まで運ばせた。そこを一時の集積所とし、ふたたびとって返して、持てるだけ運ぶ。籾倉から集積所まで十分くらいだったろうか。

全部、運び終わって集積所で一休みしていた頃、土民の叫び声が聞こえてきた。おそらく籾がないのに驚いていたのに違いない。われわれは息をこらして、北側集積所で身を潜めていた。

「見つかったら百年目だ」

しばらくすると、犬が一匹来た。小型の犬だ。

「こいつに吠えられたら、万事休すだ」

われわれはそのままの姿勢で、犬を見つめていた。何という幸運だったことか。犬は黙って、そのまま飼い主の方に走り去ったではないか。

しばらく、そのままの姿勢を続けていた。二十分くらいしたろうか。土民の話し声は次第に遠ざかっていったのである。

北側尾根から十メートルくだったところに、尾根に平行に小道があった。これは土民によって踏み固められていて、よく使われているようであった。小道の北側はさらに下り斜面になって草が茂っており、斜面の先は林があって谷川である。この谷川の岸は林に囲まれていて、外部から遮蔽されている。いま潜んでいる第一集積所から、百五十メートルくらいの距離であったろうか。

私はその小川のわきの林を、第二集積所と定め、全員に荷物を持たせないで、そーっと移動させた。特に小道からこの集積所に入るところで、人が通ったことを感づかせないために、草が倒れたら起こした。また、一ヵ所に集中して谷に降りないことに注意した。

こうして取りあえず、土民の探索をやり過ごす手だてを尽くして、夜が来るのを待った。

土民の探索は、午後一回あったかと思う。何事もなく夜が来た。そこで第一回の運搬隊に二人の台湾工員を選んで、今度はドンゴロスの袋に詰めて運ぶように命じた。途中で穂がこぼれたら、こちらのありかを悟られるから、入念に詰めるように注意した。

彼らが無事帰ってくるだろうか。祈るような気持ちで待っていたら、無事帰って来た。このことは、土民が第一集積所を見張っていないことを示すと思われた。おそらく土民は平和な村の衆で、日本軍の存在を懼《おそ》れていたのだろう。

第二陣は、十人全員にドンゴロスを持たせて、運ばせた。彼らはクラークの戦場で糧食運搬に慣れていたから、この程度の短距離はなんでもない。たちまちのうちに、第二集積所に全部の籾が集まったのである。

そこで、今後の行動について皆と相談して、岩崎隊はつぎのように行動計画を樹てた。

1、終局的にはスラ経由バギオまたはアパリを目指す。

2、当分は場所を移動しないで、今獲得した籾を全員で搗《つ》いて米にする。

3、衛生に気をつける。ことに便所を一ヵ所にし、蝿がたからないように、排便したら、土をかぶせる。また蚊の発生を防ぐために、水溜まりを作らない。

4、なまものを食べない。かならず煮沸したものを食べる。同様に生水を飲まない。湯はさまして三十分後から飲む。

5、火を大切にするために、熾《お》き火を絶やさない。

6、炊事は一日一回、日没から日暮れまでの薄明の時に限り、朝匂いが残らないように、朝飯は前夜に炊いたものを食べる。

だから食事は一日二回である。一食はどんぶり一杯で、三日に一回、食塩を混ぜて炊いた。これは体力を元気に保つのに役立った。私は食糧については、過度の節約をしない主義だった。それは士気を維持し、ひいては食糧探索その他での隊員の体力維持のためであった。

籾を盗られた土民があきらめて近寄らなくなった頃、北側の尾根をさらに越えた谷に、瀬《せ》振《ぶ》りを三棟建設、床を高くして野生の動物が近寄らないようにし、籾搗きを開始した。一人一日三百グラムとして十人なら一日三キロだから、その計算でゆけば全部搗き終われば、ほぼ年末くらいまでもつ勘定であったと思う。

台湾工員は、ほとんど日本語が分からない。中に一人だけ、流暢に日本語を話す子がいたので、自然にその子が幹部の役目を果たしていた。

「小学校は義務教育なのに、なぜ卒業してないの?」と尋ねると、家から弁当を持って出たら、田んぼで一日遊んで、帰るのだそうだ。呑気なものである。

「君は何というの?」と私。

「チョヨウトウと言います」

ところが、漢字を知らないのでどう書くか分からない。やむを得ずここでは当て字で、趙揚膽と書いておくことにする。彼のみ小学校を六年まで学んでいた。以下はさきに断わったように仮称である。趙揚膽のほかに、小学校三年までの学歴でたどたどしい日本語を話す子がいた。この子は可愛い顔立ちであったが、趙揚膽をよく助けていた。彼を王揚と呼んでおく。この二人がいわば指揮班を形成していた。また鄭周穆は小学一年だけであり、この日本語はさらにたどたどしかったが、朴訥な性格であった。顔つきが四角で、西川書記になついていた。

陳乾明が一同の中でもっとも背が高く、日本語を解しなかったが、烈しい気性のようであった。謝連義は鼻でも悪いのか、あほのように絶えず口を開けていたが、寥張富と仲が良くて、働いていた。済逸明は小柄であったが、賢そうな顔であった。

その代わり、彼らは瀬振りの建設とか火おこしとか、前にも書いたが、わなを仕掛けるとかの生活技術はじつに巧みであり、もちろん籾搗きはお手のものであった。山野の跋渉には、はだしで平気であった。

彼らは朝食がすむと、勤勉にドンゴロスを背負って出かけて行く。台湾語なので、何しに出かけるのかさっぱり分からない。しばらくすると、袋に獲物を一杯にして帰って来る。芋、雑草などがはいっている。さらに、彼らはパパイアの林を発見した。パパイアは総計で百本以上はあったろうか。一本に二十コくらいなっているから、ひとり一コずつ戴《いただ》いても、二百日は植物性蛋白、豊富なベータカロチン、ビタミンCを摂取して体力維持につとめることができた。全部のパパイアを食べ尽くしたころ、最初の木に新しいのが育ってくる。

あるとき、パパイア採りに出かけた工員が蒼ざめて帰ってきた。

「パパイア採っていたら、フィリピン人が来て、『ジャップ、ジャップ』と言って逃げていったよ」という。

彼らはまた、谷川でツブ貝を沢山採ってきた。この貝の中味をとりだしてゆでて、食器に山盛りにしてくれた。私もお返しに食糧になるものを探した。狩りには私ひとりで歩き回った。射撃は下手だったが、竹藪の蔭で五メートルの至近距離から、にわとりを一羽仕留めた。谷川の反対斜面で遊んでいた子豚を一頭仕留めたのだが、心が痛んだ。放牧の牛の場合には、約二百メートルの彼方から射撃した。何回も失敗したけれども、まぐれで一頭得た。このときは台湾工員も、歓声を挙げて喜んだ。

これらの獲物の料理も、彼らは実に手際がよかった。彼らは皆おとなしく、私が猟に出かけるときは、特別に昼の弁当を作ってくれた。私が食糧つくりに精を出す彼らに感謝すると、「私たちは慣れているよ。チョングイ（日本語の中尉のこと）は全体を判断して、私たちを指揮してくれればよい」というのが趙揚膽の返事であった。これは立派な下士官の言葉ではないか。

狩りで歩いていたあるとき、村山隊の瀬振りに行き当たった。村山隊も糀倉を発見したということで、互いに再会を喜んだ。ただ彼らは、私たちみたいに谷底に身を潜めるのでなく、四方丸見えの土民の小屋にそのまま住んでいて、その無神経ぶりが心配であった。

村山中尉は心なしか疲労の色が顔に現われ、またマラリアのためアダプリンを連日服用していたので、赤血球が少なくなって貧血の様子であった。

またある日、谷間で葉軍医に出会った。彼は単身でほかの隊員は離れていって、彼一人だけになったという。私は自分たちの瀬振りに案内したかったが、台湾人同士でも彼は受け入れられなかった。

「あの人は自分だけだからね」

これが王揚の返事であった。無学といっても、立派な団体的判断の鋭さに感心した。柴崎大尉の隊のことは、まったく分からなかった。

またある日、小さなテントが谷間に張ってあるのに出会った。中を覗いて見ると、陸軍の兵隊が二人いた。一人は阿部軍曹といい、福島出身であった。もう一人は内田上等兵といい、東京都出身であった。阿部軍曹は静かな人柄であり、内田上等兵はおとなしい人であった。二人は私たちとの合流を希望したので、食糧については相互に独立なこと、住居も今まで通り別々とするが、今後の行動全般については、私の指揮に従う約束を取りつけて、承諾した。やはり陸軍の下士官と兵というのは心強かった。おそらくは高山支隊、つまりは戦車連隊の兵士であったのではないか。

瀬振りは竹で柱や床を組み立て、屋根はバナナの葉を重ねる。雨も十分防げたし、衛生的である。寝るのは、持参の毛布である。すこし尾籠な話で恐縮だが、大切なので書いておきたいのだが、大便の用を足した後の始末に使う紙の代わりには、竹へらを用いた。台湾では食事を右手でとる場合には、便の跡始末は左手でするそうだ。さすがに古い伝統文化の国であると感心した。

火が大切だったので、竹をこすって熾《おこ》した。これは大苦心した。竹を細かく削って、それらを別の割竹の窪みの一方に固めておく。そして割り竹を一生懸命こするのである。しばらくすると、削った割竹がいぶってくる。息を吹きかけ、吹きかけしているうちにポッと炎があがる。火を絶やさないように、火種を継ぎたすのである。夜も火種を絶やさないために苦心した。

朝方、枕元でごそごそ音がする。耳をすましていると、ブーブーというような響きがして消えて行く。野生の猪らしかったが、罠には掛からなかった。牛蒡《ごぼう》剣や山刀は山中自活の必需品である。

ある日、私は部下工員を率い、食糧探しをした。捨て畑のようだったが、茄子《なす》、甘蔗、玉蜀黍《とうもろこし》などが見つかった。上々の気分で帰来の途中、俄かにわれわれの瀬振りの方角で銃声を聞き、不安に駆られつつ帰着の途中、村山隊の土民小屋にいたったところ、驚くべし。小屋は焼き払われているではないか。時に六月八日であった。

後に八月ころ、その場所で村山隊台湾工員一名を発見。彼はまったく骨ばかりとなり、容貌も変わり果て、ただ骸骨を見るばかりであった。彼によると、襲撃されたその日、平野に徴発に出かけて、砂糖黍を見つけ、これをしゃぶりながら瀬振りに帰ってきたそうだ。この食べかすを土民につけられて、襲われたということである。ちょうど昼食時であって、まったく不意をつかれたので一物も運ぶことができず、辛うじて命だけは取り留めたという。

どうも最初からの瀬振りの位置といい、今回の失敗といい、あまりにも策がなさすぎた。村山技中尉は、ここで十名の隊員を五名と三名の工員組および彼自身と羽根君の三組に分け、このままでは日本軍は全滅するだろうから、自分は斬り込みをして玉砕するんだと言い残し、羽根君を連れて二人で拳銃一梃を持ったまま山を下っていったという。残った者のうち七名は餓死し、このことを話した陣蔬来も、翌日は息が絶えていた。なぜ私たちのところに頼って来なかったかと、残念でならない。

済逸明は小柄な男であった。彼も敏捷であったが、ある日、瀬振りでびーびー泣き出した。一日中泣くのである。

「済はうるさいね。どうしたんだ?」と聞くと、王揚が、

「貝を生で食べたのよ」と言う。なんでそんないやしいことをしたのか。結局、急性腸炎で死亡してしまった。仲間の工員たちは、激しい罵声を浴びせ、足をつかんで引きずりながら、穴の中に落とし込んだ。同胞だから、せめて祈るのかと思っていたので驚いた。

六月になると、雨季にはいる。日本の梅雨と違って、驟雨《しゅうう》だから過ごしやすい。

「スコールだ。スコールだ」西川書記が喜んで、裸になって身体を洗う。私も真似して、手拭い一本で雨の中に飛び出す。

いたるところに野生のバナナが育っている。種がたくさん入っているので、食べる部分はわずかしかなかったが、それでも甘みがあるので、ときどきデザートにさせてもらった。バナナの芯だの茎はおかずになった。雨季には茎が一夜で三十センチほど伸びた。椰子の果汁もおいしかった。

西川書記とは、いろんな思い出話に花を咲かせた。

たまに稜線に、友軍のはぐれ兵士の姿が見えた。栄養失調でやせ衰えているのが痛々しかったが、甘い言葉をかけて共倒れになることが恐ろしかったので、こちらの存在は気取られ

ないようにした。しばらくすると、兵士の姿は見えなくなっていた。

岩崎隊はそのほかは何事もなく、八月二十五日頃までに籾を搗き終わった。結局、三ヵ月かかったことになる。搗く道具は、工員が持っていたビール瓶だったので、能率は悪かったのだろう。それに、下手に動いても、あてがなかったせいもあった。

それにしてもあとになって見ると、あの烈しいフィリピン戦線で、よくも平穏無事だったものと思う。この頃はまったく知らなかったが、戦後三十七年して出版された三一八設の岡沢氏の手記によると、氏の部隊は図-12に示すように、スラ上流に瀬振りを構えていたようで、それでも食糧がなくなって日本軍同士で襲撃しあっている。またゲリラの襲撃もたびたびで、生き残るのは至難のわざだったらしい。われわれの宿営地は平野にごく近かったので、土民と日本軍とのちょうど中間の真空地帯だったのだ。だから、土民からも日本軍からも襲撃されず、呑気に構えていた。僥倖《ぎょうこう》というほかない。

いつだったか、阿部軍曹から、ルーズベルトが死んだこととか、ドイツが降伏したことを教えられた。彼はどこからこの情報を得ていたのか。おそらくは私たちに出会う直前だったのではないか。

しかし、籾も搗き終わったことだし、当初の目標もあるので、いつまでもこうしてはおられない。バギオまたはアパリまで行って、友軍の指揮下に入らねばならない。今から思えば。戦争は八月十五日で終わっていたから、それを知っていれば、ほかに策があったかも知れない。当時は雨季だったから、急いで出発しなくても良かったのだ。

ただフィリピンの雨季は、前にも書いたように、一日中降るのではなく、スコールみたいに降ってあとは晴れるので、濡れた服などを乾かせば耐えられないものではない。そんなことで、瀬振りをたたんで、各自十五・六キロほどの米を携行して陸軍の二名と一緒に出発したのである。

行動はやはり夜であった。八月二十九日ころ、雨に打たれながら出発。夜通し行軍し、スラの西南でパイナップルの畑を発見。始めての豪華な果物に大満悦しながら、警戒の役目を一人の工員に命じてから、少し離れた川岸のブッシュの蔭で朝の仮眠につく。

昼ごろだったろうか。高鼾《たかいびき》に寝込んでいた最中、突然、小銃弾が近くから襲ってきた。無我夢中で起きあがって銃弾の来る方向を見たら、同行の陸さんが毛布を大きく乾かしていた。これでは所在を宣伝するものじゃないか。

「しまった。連中に秘匿の方策を教えておくべきだった」(陸さんに対する指揮掌握は一晩しかなかった)

走って逃げながら、頭では考えていた。当番の警戒員も寝込んでいたらしい。

「ウッ！」右脚の外側に突然、こてが当たったような熱さを感じた。銃弾がズボンの布を擦ったのである。間一髪とはまさにこのことである。もう一センチ左に来ていたら、右脚を砕かれていたであろう。銃弾のあとのズボンに焦げ茶色の線が走っていたが、右の太腿の側面をやけどしただけであった。幸い文字通りのかすり傷だった。この傷あとは五十年たった今でも残っている。

とにかく走って逃げて、河岸の崖の下に身を潜めた。

それから何時間たったろうか。暗くなったところで、襲撃された地点に戻った。西川書記が来た。趙揚謄が来た。王揚が来た。鄭も陳も謝も皆来た。阿部軍曹も内田上等兵も来た。

結局、戦死者も戦傷者もひとりも出さなかった。それはよかったのであるが、食糧、銃器、塩、キニーネ一切を奪われた。かくてまたもや一から出直しとなってしまったのである。一番痛かったのは牛蒡《ごぼう》剣や山刀をなくしたことである。こうなると、石器時代のような道具を作らなければならないが、そこまでは考えつかなかった。

このあとどうするかを考えたのであるが、私はとにかく皆で団結して行動することを提案した。村山隊ではばらばらになったのであるが、ばらばらになったら死んでしまうことは、明らかであった。そこで台湾人にも、日本人にも絶対に離れるなと言って力づけた。神様が助けて下さるよと言った。

皆その気になったのは、今までの生活で裏づけられていたからだ。

九月一日、すぐさまスラ川を渡り、対岸の山の中に入る。当時地図をもっていなかったので、スラがどこか分からなかったし、スラで落ち合うという約束も、岩崎隊以外の隊は全部壊滅していると思われた。宿営地に戻る気にもなれず、バギオ方面に早く達したいというのが既定の行動であった。

すぐ平地みたいになった畑があり、そこで休む。西川書記は六月上旬より眼疾を煩《わずら》い、マラリアを発病し、体力疲労しており、熱が出てきたのか、もはや歩けませんといって、木陰にうずくまってしまった。ほかの連中は、かまわず田圃を突っ切って行く。しばらく西川書記と押し問答をしているうちに離れてしまったので、取りあえずそこにじーっとして置くように言ってから、皆のあとを追った。一キロくらい離れた林の中で皆に追いついたとき、後ろから長身の土民の感じで一人追いかけてくる。すわ、住民に襲われたか、と肝を冷やしてよくよく見たら、何と陳乾明ではないか。

どうして仲間と離れたのかよく分からなかったが、どうやら山道の方で私を探しに戻ったものらしい。私が田圃を突っ切ったのに気づいて、大慌てで追いかけてきたもののようであった。さらに三キロほど歩いてから、ほかの連中を谷川のほとりに休ませておき、私ひとり引き返した。西川書記が倒れていたブッシュのところに行くと、彼が横たわっている。何とか力づけて肩に担ぎ、皆の待っている地点まで帰ってみて驚いた。台湾人が半分、泣き顔になっている。趙揚膽に、

「どうしたの？」と尋ねたら、

「『チョングイに捨てられたのだ』と言う者がいて、皆、心細くなっていたのよ」という。可愛い奴。絶対捨てるもんか。それにしても異民族は、こんなとき発想の仕方が違うのかな、と変なところで感動した。

阿部軍曹と内田上等兵は、静かに待っていた。その後、絶えず土民の襲撃に脅かされつつ、山中に果物のみを求めて行動した。ここは北緯十五度くらいなので、果物は豊富だった。さ

きに述べたように種が多かったが、バナナもざくろもあった。ないよりはましである。腹はくちくはならなかった。時折、道は村落の中を突っ切るが、夜はかまわず通りすぎる。折柄の雨季に昼は雨に打たれつつ山中に眠り、夜は暗闇を足探りで道路をゆく。さすがに米がないので、腹をすかし、ひょろひょろしながら歩く。

地図で調べて見ると、スラからマヤントク西の山地まで二十キロあるから、八月三十一日夜から九月七日朝まで七日かけて、つまり一日平均三キロの直線距離、山や谷、迂回なぞで二倍とすれば、一日六キロ平均移動したことになる。

マヤントク西方山中にて、九月七日午前六時ころ、土民の砂糖黍畑を発見、喜んでさっそく頂戴に及んでいたら、土民の警戒員に攻撃される。逃げている途中で、西川書記が「もう動けません」と言ってまたもやうずくまった。マラリアで熱が出てくると本当に動けなくなる。今度は押し問答の余裕がない。後ろ髪を引かれながら、皆のあとを追って私も逃げた。私は野菜の茂みのかげに横たわった彼が、土民に見つからないことを祈った。ただちに道からはずれて、やぶの中に待避する。

すこし山を上がったところで、台湾工員が「土民が来るよ」と指さす。見ると、横から等高線に沿った小道の約二百メートル先を小銃を手にした土民が二人、腰をかがめながらこちらに向かって、走って来る。武器がないので、逃げるほかない。

道が九十度に曲がって下るところで、台湾工員がうまく真っ直ぐ山の方に分け入ってくれた。上の方に逃げる。分け入るところの草をもとどおりに立てるのは、この四ヵ月のやりか

図-13　タルラック平野とザンバレス山脈東麓

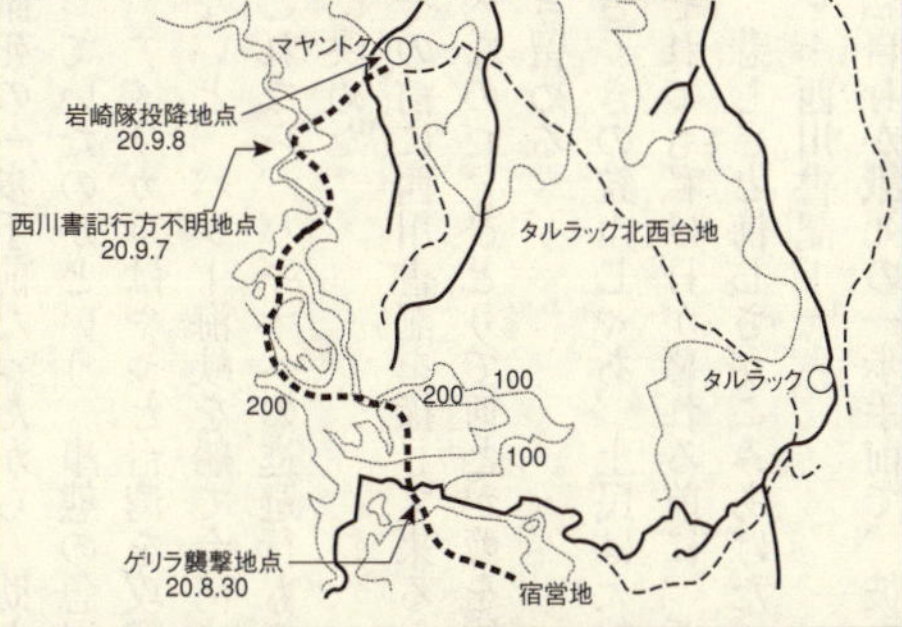

ただ。三十メートルほど上がったところで、藪の中でじっとしている。動かないで夜が来るのを待つ。暗くなったら、西川書記を探しに下ろうと考えていた。ところが、ひとしきり遠くの方で烈しい銃声がしばらく続いた。すぐ止んで時が流れる。

動かないで潜伏中、台湾工員が野生の自然薯《じねんじょ》を発見して掘り出す。生のまま齧《かじ》る。しばらくして工員が紙を拾ったといい、煙草を巻くのに都合が良いなどと言っている。バナナの葉を刻んで、煙草にするのだ。

「どれ、見せてごらん」活字に飢えていたので、見せてもらって驚いた。戦争が終わっていることを知らせるアメリカ軍のビラで、八月十五日の終戦のご詔勅と御名御璽の写真が載っており、九月二日に重光大使と梅津参謀総長が東京湾内のミズーリ号上で、降伏文書にサインのために乗艦してきた情景が写っているではないか。

阿部軍曹と内田上等兵に、どう考えるか相談する。二人ともこれは本物だろうと言う。私も勝っている方が嘘をつく必要はないから本物と考えた。日本人はハンコに弱い。御名御璽があれば、天皇のご意志なのだから、これは正真正銘である。

餓死の一歩手前だったから、助かったという思いと、その反面、なんだ米軍は東京湾まで行っていたのかという、事態の急展開にたいする驚きを感じた。これまでの頑張りからすれば、アメリカ軍はやっと台湾を攻撃しはじめたのかなーくらいしか考えていなかった。そうでないと、バシー海峡を船で台湾まで逃げる意味がないのである。

これなら、バギオへの逃避行も無意味だ。始めて山中彷徨の無意味をさとり、下山することに決めた。

「その前に西川書記を探して来るから、待ってろ」と私。しかし、今度は地理がまったく不案内なのだ。ひとりで何とか藪を抜け出して、下の方に行こうとした。しかし、今度は皆が引き留める。

「さっきの銃声じゃあ、土民は大勢のようですよ」

それでも私は日が暮れる前に、西川書記と別れた地点まで下って行った。彼の姿はなかった。悲しさと悔しさがこみあげた。

「……西川書記！」

私自身が餓死の一歩手前で、彼を探す体力も気力もなくしていた。西川書記を探すことを諦《あきら》めた。反面、助からねばならないという気持ちも必死だった。今も申し訳ない気持ちで一杯である。

第九章　マヤントク住民との交歓

さて、下山するにしても、その方法が問題である。現に私たちは八月三十日以来たびたび住民に襲撃されている。本来ならば、終戦と同時にこんなことはないはずだから、これは山地周辺の住民が無学か、治安体制が秩序立っていないせいであろう。もちろんその原因は日本軍が山の中からときどき平野を襲撃し、やむなく自衛策を講じているのであろう。

そこで、私は治安が確立して住民が安心しており、かつ終戦の情報がよく伝わっているのは都市であると考えた。その都市でフィリピン人に接触すれば、いちおう安全に受け入れられるのではないか。

夕刻まで現在地に潜んでいたが、山をふたつほど北に移動すると、平野が展望できるところに達した。そこから眺めると、遥か東方に電灯が沢山ついていて、確かに都市と思わせる場所が見えた。当時は地図がなかったので、私はタルラックだと思った。

「いいか。あそこがタルラックだ。あそこまで行かないと、命が危ない。とにかく夜通し歩いて、あそこに行きつくんだ。これが、最後のチャンスだぞ！」

皆理解した。

暗くなった。村が寝静まるのは早い。九時頃であったろうか。行動を起こす。すぐに村道に出る。ここまで来るときも夜は咎められなかったので、大胆にひたひたと十名ほどが歩いて行く。途中、村の真ん中を道が通っている。村は三つほどあったと思う。私たちは構わずに通り越した。

ほぼ十キロほど歩いたろうか。九月八日の夜が明けはじめた。

一面の田圃の中の道で、大きい河に当たった。そして河に沿って下流から、ひとり、おじいさんが牛に乗ってやって来る。緊張の一瞬。おじいさんは何事もないかのように、わざとらしく鼻歌を歌いながら通り過ぎる。

私たちはおじいさんが通り過ぎたところで、河を渡りはじめた。ほとんど渡り終わろうとしたときである。ばらばらっと土民が五、六人、銃を手にして走ってきた。

（どうしようか？）一瞬、心の中で考えていたら、「サレンダー？」と向こうが怒鳴った。

（そうだ、こんなときはサレンダーと言うのか）

「イエス。サレンダー」

振り返って感心した。なるほど、サレンダーと怒鳴るはずだ。台湾工員がいつの間にかハンカチを竿にくくりつけて掲げているではないか。

私は戦争が終わったから、山を降りて来たので、単に戦闘行為を停止したもので、降伏したつもりはない。いわんやフィリピンと戦争をしているというつもりは毛頭もっていなかったから、サレンダーか？という問いにとまどったのである。

この後はおきまりのホールドアップで全身裸にされた。持っているものは、千人針のほかは何もない。千人針は持って行くというのを、顔色を変えて、「ノー」と言ったら、返してくれた。返さなければ、母と一緒に死ぬつもりであった。

それから衣類が返ってきて、皆は町の留置場に連れて行かれた。しばらくして、ミルクが支給された。そのミルクのおいしかったこと。とにかく、八月三十日以来八日間、ほとんど食べていないので、腹にしみわたるようであった。

道から留置場が覗けると見えて、住民たちが入れ替わり立ち代わり、見物にやってきた。私たちは疲れていたので、眠らせてもらった。ぐーぐー寝た。

この場所はタルラックではなく、そこから西北に二十キロほど入ったマヤントクという町であった。そこの住民たちは親切だった。だんだん顔なじみになるにつれて、いろんなことを話しかけた。もちろん、英語だったから、この会話はすべて私が引き受けた。ただ閉口したのは、発音が巻き舌で、マカルトールというので何のことかと思ったら、マッカーサーのことだったりした。

最初は「バスだ、バスだ」と言う。風呂に入れてくれるのかと思ったら、全員、河で水浴である。石鹸を使えと言う。よほど汚かったのであろう。さっぱりした。

夜、ポリスだというのがやってきて、銃を持っている。自分のブラザーが日本軍に首を斬られたといい、首のところを手で斬る真似をする。こちらは身に覚えがないから、おどかしで言ってるのだろうくらいにしか応対できない。

張り合いがないと見えて、「ヒロシマ、ボン」と言う。そのとき始めて原子爆弾のことを聞かされたが、よく分からないからこれも、しかし大した応対はできなかった。

こんな調子で、だんだんこちらの様子も分かってきたようであった。私は思いついて、英語で、クラーク以降のわれわれの行動について簡単にまとめて、ポリスに渡した。

これから、俄然、待遇がよくなる。まず毎食ごとに、集落の当番の家に招待されて食事のご馳走である。

食事がすんだら、私は礼儀正しく、お礼を述べ、この親切は忘れないこと、今後は日本とフィリピンの友好のために尽くしたい、とスピーチする。皆、大喜びで、おまえは日本で大統領になれと言う。

留置場に戻ると、子供たちが寄ってきて、学校の宿題を見てくれと言う。見ると簡単な船の河川での速さの計算である。たとえば流速と船の速度が与えてあって、船が遡《さかのぼ》るときと、下るときの速度を求める問題である。教えてやると、尊敬のまなざしが返ってくる。

フィリピン軍の憲兵が来た。彼とも仲良しになった。彼はBrigido Millareといい、タルラック、カメリン分署の一九ＭＰキャンプに所属していた。彼は自分の持っていたマニラ新聞の山鹿泰治、セントラエスコラル大学教授共著「日比小事典」を記念にくれた。もともとは親日家だったのだろう。

それから町の有力者がつぎつぎに会いに来た。Millare 君が記念にくれた「日比小辞典」の余白に書きとめておいた彼らの名前を次に列挙する。

Marcelino Limon（マルセリノ リモン）；Luciano P. Cruz, Chief of police（警察署長 ルチアノ P・クルツ）；Donato S. Martin, Poblacion, Mayantoc, Bonifacio Street Tarlac;（ドナト S・マーテイン タルラック州マヤントック町、ボニファチ街ポブラシオン）；Dr. Federico（医者フェデリコ）；Erigio Navero（エリギオ ナヴェロ）；Tomas M. Asuncion, Municipal Major（町長トマス M・アスンシオン）；Eduardo Salamanca, Municipal Secretary（助役エドワルド サラマンカ）；Avelino de Guzman, Municicoal Treasurer（経理部長アヴェリオ グズマン）；Generoso Sana, Municipal Clerk（事務長 ゲネロソ サナ）；Florencio Santiago, Clerk（事務官 フロレンシオ サンチャゴ）；Agapito B Asuncion, Clerk（同 アガピト B・アスンシオン）；Pio Agustin, Clerk（同 ピオ オーグスチン）；Jose Mateo, Teacher（教師 ホセ マテオ）；Iyonoro Mirons, Child（町民 イヨノロ ミロン）；Santiago Reyes（同 サンチャゴ レイエ）；Sotera Bunad（同 ソテラ ブナド）；Mrs. Estanislao Sana（同 エスタニスラオ サナ夫人）；Isidro Naval, a house planner, vice-major（建築技師 副市長 イシドロ ナヴァール）；在留中国人 許振華（福建省）

とにかく町長、助役、事務長、事務員、警察署長、医師、教師、建築技師、その他町の有力者たちが皆、やってきた。許氏は福建省出身の在留中国人で、趙揚agesたちと話し込んでいた。

私たちはこの歓待にとまどいながらも、好い気持ちで滞在していた。あるとき、陳乾明が大声をあげて私に食ってかかった。彼は日本語をしゃべらないので、なぜ怒っているのか分からない。

「何、怒っているの?」と王揚に尋ねる。

「でも仕方ない。そんなに怒るな」

私には返事せずに、そう応える。多分、日本が負けたことから、なぜ台湾人を徴用して、こんな戦場に駆り立てたのか、日本を代表して答えが欲しかったのであろう。

王揚のとりなしで、彼もおさまった。

留置所の格子は開け放たれて、自由に出入りした。十日くらいそんなことをしていた。そのうちアメリカ軍が一分隊やってきた。いきなり銃をかまえて飛び込んで来るところが、犯罪者逮捕の情景を彷彿させた。呆れて眺めていたら、ばつの悪そうな様子で銃をおろした。

それからは、例のレーション(アメリカ軍の携帯食糧)に食事が変わって、つまらなくなった。ひとつ感心したのは、フィリピン人にもレーションを配っていた。これはわれわれを接待した家庭へのお返しのようであった。アメリカ軍は今度の戦争で住民に与えた損害を、支払っているように見えた。これは日本軍と正反対である。これではいくら大東亜共栄圏と叫んでも、住民の協力は得られない。比島軍が結成されて、日本軍と敵対したのも、アメリカ軍の周到な戦略であったのである。

アメリカ軍の兵隊は自分たちの銃が連発できることを得意になって説明したり、私をさそって野球をしたりした。二、三日、一緒に山に入って日本軍に投降を呼びかけた。Millare軍曹がついてきて、よせば良いのに、私が「戦争は終わったぞー」と怒鳴ると、自分も「センソウガオワッタゾー」と怒鳴る。

変な発音だから、これでは本当に日本軍がいても出てくる気にはならなかったであろう。果たせるかな。何の反応もなかった。アメリカ軍の指揮官はLt. Davis, 182 Inf. 38 Div N/CM. P. O. San Francisco, Inside Ireland と言った。してみれば、サンフランシスコからやって来た歩兵のデービス中尉さんである。

九月二十三日、突然、この分隊が乗りこんだトラックに、私だけ乗せられる。いつもの投降呼びかけかと思い、何の気もなく乗ったのであるが、どうも山に行かず街道を東に進む。Millare軍曹もいたので尋ねたら、私だけキャンプに行くのだと言う。そんなことで、阿部軍曹や内田上等兵、台湾軍属たちと、何の挨拶も交わさないままに別れてしまった。タルラックを通るとき、群集が私を見つけて、「バカヤロー!」とか「死ね!」とか叫んでいる。

ところが、Millare軍曹が立ちあがって、

「He is a good man! He is good!」

と怒鳴っている。これは有り難かった。彼とはタルラックで別れた。

マルキナのアメリカ軍キャンプに昼ごろ到着。兵舎の階段の下の廊下で待っておれと言っ

て、私を置き去りにし、デービス中尉は隣の兵舎に入ってしまった。中庭を挟んで向かいの兵舎の二階にあがってくつろいでいるのが見える。残された私は一人で心細くなっていたら、兵隊たちが階段の手摺りの上から覗き込んで、

「Hey! War is over! War is over!」(戦争が終わったぞ! 戦争が終わったぞ!)

と陽気に声をかける。やむなく薄ら笑いで応える。

彼らとても人の子である。いくら戦争といっても、人間を殺して気持ちの良いものではない。戦争が終わって、人殺しをせずともすむということの素晴らしさを喜んでいるのだ。

このあと、簡単な尋問があって、その夜はマルキナ一泊。つぎの日、九月二十四日、ラグナ湖畔の収容所に入った。

第十章　捕虜キャンプ

終戦から五十五年たった今日、マルキナのキャンプで別に日本軍の投降者がいたことは覚えていない。とにかく英語ができるかと聞かれて、「できる」と返事したのはよかったが、下手くそな発音だったと見えて、あまりはかばかしいことにはならず、とにかく海軍技術中尉で建設部隊担当というようなことを言ったらしい。そのキャンプに一晩過ごしてからトラックに乗せられて、運ばれたことは覚えている。

途中、フィリピン人が待ち構えていて、「ドロボー」とか「バカヤロー」とか怒鳴っている。どうしてこんなに怒鳴るのか。マヤントクでの住民との交歓のあとだけに、狐につままれた思いであった。多分、変わった過激な連中なのだろうが、こちらが行動の自由がないことをよいことに見境もなく悪罵するなんて、卑怯な奴らだなどと考えていた。

それから、何やら大規模な捕虜収容所らしいところに入ってトラックから降りた。時に九月二十四日で、気がつくと日本兵が大勢並んでいて、私もその中に入れられた。

四列縦隊で待っていたら、黒人のアメリカ兵が、「トーケイー、トーケイー」と大声で叫んでいる。時計をくれと言っているのだ。戦争であの物凄い物量を見せつけられたあと、これはまた、何と言う貧弱な要求かと驚く。

そのあと、全裸になってDDTの粉を浴び、背中に大きくPW（Prisoner of War）と書かれた衣服を支給されて、捕虜生活に入った。

この捕虜収容所は、何という名前か知らなかったが、当時の日記にはラグナ湖と書いてある。最近読んだ山中明氏の著書によると、カンルーバン収容所というところではないかと思われる。(51)何しろ収容所能力が十万人という大規模なもので、士官テントと兵隊テントが別になっていたこと、そのほか山中氏の著書に書いてあるキャンプ内の事件で、私にも思い当たるふしがあることから間違いないと思う。

私の入れられたテントは、海軍士官用であった。私は比較的遅くキャンプに入ったそうであった。私はもちろん二一九設の師田、大島、小谷の三士官を探したが、三人ともいなかった。しかし、北部ルソンで戦っていた三〇一設の新井敬三技大尉や、青島同期の三二八設笹田喜代技中尉、新井技大尉の隊の平松秀雄技少尉がいた。新井技大尉には、第五章で書いたように、マニラからカバナツアン手前のサンタ・ローザまで同車させていただいていたので嬉しかった。

その後、おいおい慣れてくるにつれて、ほかの士官とも面識ができた。そこにあのコレヒドールで無情な宣告をして、工員たちのマニラ転出を止めた小川少佐がいたのは釈然としなかった。

ミラーレ軍曹からもらった辞書の余白をノート代わりに使っていたが、そこに池邉満、矢野由成、巨勢泰正少佐、佐藤徳少佐、桑原哲雄少佐、鏡正二大尉、高橋淳雄技大尉、斎藤周助技大尉、藤岡信雄大尉、小林芳雄大尉、小林龍雄主大尉、見坊力雄主大尉、長島寛治主大尉、酒井直之、柳原旭彦中尉、安部鋼一中尉、横尾穂積中尉、吹出金司中尉、橋口勝巳少尉、平野十六少尉などの諸氏の名前を控えている。この中には、マ海防で死力を尽くして戦ってきた人々が大勢含まれていたようだった。クラークの戦場にいた人には会わなかった。

われわれは敗戦のために茫然となっていて、一様に虚脱状態だった。勝ち戦なら功績を自慢しあったであろうが、負けてしまったのに戦闘の話でもあるまい。どこで何をしていたか、しゃべるでなし、一日中ベッドに寝そべって食事、洗面、排泄、洗濯などのとき、起き上がって日々を過ごしたように思う。

陸戦隊の士官たちはその中にあって、何かしら殺気を含んでいた。よくわからなかったが、仲間で殴り合いをやっていた。遺恨の果たし合いらしかった。

平松氏とはベッドが隣で、親しく話をした。この人は北大専門部土木科出身で、終戦後、土木から英文学に転じ、北海道教育大、東京理科大の教授を歴任された。新井隊長と同じ隊だったこともあり、三人で戦後の再建について語り合った。平松氏の話では、新井さんが食糧増産派で、私が工業振興派だったそうだ。ほかにも旧制高校出身者が三、四人いたが、私たちは海兵出身とは一線を隔した議論をして、戦後の復興に頑張ろうと話していたそうだ。

日系二世のアメリカ軍将校に接したときは、「何だ、日本人の癖に！」と複雑だった。フィリピン人は個々には好奇心が一杯のようで、ときどき有刺鉄線の向こうに物々交換に来て、笹田君などよく話をしていたようだが、私は興味なかった。アメリカ兵は、この交際を特に注意するでもなかった。

食事は薄いお粥で、たちまち栄養失調に逆戻りである。十万人の日本兵を賄《まかな》うのは、いかにアメリカ軍といえども容易ではなかったのではないか。

演芸会が盛んで、名前は忘れたが、当時日本で有名だった歌手が唄った。講座が開かれて、私の辞書ノートには、コンニャクの栽培法、トマトソース、トマトケチャップ、納豆、飴、ドブロクの製法、いなごの飴煮、かまぼこの作り方だのが取り上げられている。食糧事情を察して、カボチャの代用食、陸稲の栽培法など、こと細かく講義する人がいた。とにかく食うことが唯一の関心事だった。

それでもアメリカ英語の講習も始まった。色々ノートしているが興味あるのは、intelligence officer（情報将校）、counter intelligence corps（反諜略部隊）、incendiary bomb（焼夷弾）など、まだ戦争しているような単語も控えてある。

士官は使役に出ないのであるが、本人が同意すれば労働することができる。ある日、英語を使う事務があるので、ボランティアを募ってきた。退屈凌《しの》ぎに応募した。

収容者のカードがひとりずつ作成してあって、仕事は名簿カードを numerical order（番号順）から alphabetical order（アルファ順）に並び替えたり、またその逆にアルファ順のカードを、番号順に並び替えたりすることだった。

じつに他愛もない仕事であったが、この使役にでた者だけ食事が格段によくて、フライパンに山盛りの白米飯がつき、おかずも肉野菜がふんだんにでた。このため申し訳ないことに、メリメリという音をたてて肥り出した。音が出るのは、夜中で寝静まった時刻なのだ。朝起きると隣の高橋、平松両氏にすまないと思うので、ときにはかげに誘ってお裾分けをしたが、骨皮筋衛門の戦友の間で、内地に帰る頃には丸々と肥って困った。

この使役は、アメリカ軍の事務室の中で仕事をするものであったが、感心したのは、たとえば中尉が長の場合、彼は入口にもっとも近く外を向いており、下士官がその後ろで中尉の背を見ながら執務する。兵が一番奥にいた。だからPWのわれわれも、室内の奥まった付近にいた。

それから大工仕事なども士官が自分で働いており、むしろ兵たちは気楽に過ごしていた。徹底した指揮官先頭で、これでこそアメリカ軍が旺盛な志気を維持していた原因なのではないだろうか。

わが軍の場合にも、指揮官先頭はやかましく言われていたが、これほど徹底してはいなかった。率先垂範の姿勢は見習ってよい。

戦犯の首実検というのは気味悪かった。フィリピン人が大勢列を作って見ている中を、ひとりずつ歩かされる。もし「こいつだ」ということになると、有無を言わさず容疑者として連れて行かれる。運悪く間違えられても、容疑を晴らすのは容易でないようだった。私たちのテントからは数名の人々が挙げられた。この人たちはモンテンルパの収容所にいれられた。ほかの人たちから聞いた話では、山の中で友軍同士で食糧の盗難はまだしも、襲撃して強奪するという事件があったそうだ。海軍士官の職権を利用して食糧に差をつけ、下士官兵の反感を買い、寝こみを襲撃された事件だの、さらに忌まわしくて書くのも憚《はばか》られる事件も起こったという。ことの真偽は分からないが、皇軍という美辞麗句の蔭に、極限まで追い詰められた幽鬼の姿が語られている。

祖国の生存をかけて己れの生命を惜しまなかった青年たち、またこれを支援した郷里のひとびとにとって、戦争の哲学とは何なのだろうか。個人の尊厳というものを、国家はいかなる哲学で守るのか。

刀折れ矢尽きたときの戦闘の停止は、個人の尊厳を維持するためには必要ではなかったか。それでもなお投降すべからずとしたことの結末が、恥知らずの行為に駆り立てたということに、国家は気づかねばならない。

しかし、いまひとつ指摘したいのは、上に述べたように食糧が尽きて生存の極限に投げ込まれた将兵のうちから、戦友や上官に恨みを持ち、復讐、反逆をこころみた徒輩が出現したという事実である。原因を非人間的な軍律のせいにしがちであるが、それ以前に基本的な人間愛がなければならなかった。これが確立されていないと、軍隊は単なる暴力装置に過ぎなくなる。崇高な国家愛の前には、個人的な愛や家族愛を犠牲にせよという。しかし、犠牲はあくまで犠牲であって、無視したり捨て去るものではないはずである。心の底から憂う。

　国家の思想を形成するに際して、どのような哲学が存在したのであろうか。日本にはそのような哲学があったのであろうか。この局面にたったとき、欧米であきらかに拠っているキリスト教、愛の哲学を思索しなければならないのではないか。今後もし軍隊建設をするのなら、この問題は真剣に論議されるべきであろう。

　十一月に入ってから、内地帰還者が旅立ちはじめ、キャンプは色めいてきた。この頃だったか、朝鮮半島出身の兵士たちが自発的に部隊を組織し、キャンプ内で勇ましい教練を始めた。「前へー進め」「回れえー右」等々。内地出身の兵たちは、虚脱状態で眺めていた。

　私たちが内地帰還のアメリカ、リバティー船に乗ったのは、昭和二十年十二月二十四日である。山中氏の著書によると、非戦犯者の最後の帰還船であった。(52)

　リバーティー船の速度は遅く、それでも昭和二十一年一月三日ころ、富士山が見えた。生還の内地は霊峰が迎えてくれたのだ。私は喜んで警備のアメリカ兵に「あれが富士山だ」と言った。「オー、ビューーティフル」という返事を期待していたら、その男はライフルを富士山に向けて、「ズドン」とつぶやいた。アメリカ兵に対する教育を想像させる出来事だった。つまりは彼らは富士山を目標にして日本を攻撃することを教わっていたのだ。

第十一章　帰還、第二復員官として

昭和二十一年正月六日、浦賀に到着。とうとう内地に生還した。浦賀で帰還手続きをすませ、士官の第三種軍装を支給されて着替えがすみ、一日、浦賀に泊まった。私は海軍技術学生を応募したとき、永久服役を誓っていたので、敗戦後の身分が不明だったこともあり、まず東京にある海軍施設本部に出頭した。ところが、ここは昭和二十年十二月一日で廃止されており、第二復員省になっていた。一面の焼け野が原で、その場所を思い出せないが、原宿の東郷神社の隣りにあった海軍館だったように思う。一課長の貴島掬徳大佐に挨拶したら、「何で今ごろ帰ってきた」と言われた。この意味は今でも分からない。発令が昭和十九年十二月十五日だから、着任が遅かったことなのか、どうせ着任できなかったのなら、コ島で戦闘に参加して戦死すべきだったのか。少なくとも現地と東京では、事態把握にずれがあることは分かるが、ご苦労様のひとことが欲しかった。やりきれない思いを抱きながらひきさがった。

それから東大に行った。恩師の吉田徳次郎先生が在室しておられた。

「君、これからは若い人に頼むよ」

学生時代には厳しい講義で鳴らした先生も、敗戦のショックからか元気がなかった。本郷の街のただずまいは変わらなかった。汁粉屋で汁粉を注文したら、一杯十五円でびっくりした。私の感覚では十五銭だったのである。

一月十五日に、元呉海軍施設部を訪ねた。

二一九設営隊の編成派遣は呉海軍施設部よりなされていたことは、第一部第二章で述べた。終戦にともない、海軍省は廃止されて第二復員省となり、呉海軍鎮守府は呉地方復員局になり、呉海軍施設部も昭和二十年十二月一日付けで廃止され、呉地方復員局呉海軍施設部残務整理班となり、その一部が呉市内の両谷にいた。当時、大方の職員は解散して第二の仕事についたり、または徴用解除になって帰郷していた。

両谷には篤志家の職員のみ残って、外地派遣職員や工員の消息、給与未払い整理など人事に関する事項の処理を行なっていた。そのほかには資材の整理班がいた。また、海軍施設部のその他の業務である会計や什器備品の整理は、呉市北部の天応町で行なわれ、呉海軍鎮守府本部の残務整理は、二河《にこう》公園のバラックで行なっているという有り様であった。両谷の責任者は、元海軍主計大尉の第二復員官藤岡十郎氏であった。

私は昭和二十年三月一日付けで海軍技術大尉に昇任していた。しかし、一月十五日付けで「予備役被仰付、即日充員召集を命ず、勅令第六八六号に依り第二復員官（高等官六等）に任ぜらる、年俸二一五〇円、補呉地方復員局出仕」の辞令をいただいた。

残務整理とは部隊の行動報告、隊員の身分手続き、給与未払い整理、戦死者または生還者の記録であって、留守家族にとって大切な手続きである。

軍隊が存在していたときは、行動報告は功績調書に書き込まれ、戦闘中でも逐一、上級指揮官に報告された。旧軍隊で歴戦の部隊では特別に重視していたもので、今日と異なって大型で重かった無電機を困難を排して携行した。これは士気を鼓舞し、軍紀を維持するのに特別な役を果たしたものである。「これより無電機を破壊して玉砕する」という報道がよくあったのが、このことを端的に物語っている。

二一九設は昭和十九年十二月十五日に解隊され、隊長以下一〇三施設部に転属されたというのが、正式の命令である。現地でその通りに動いていれば、心配することはない。しかし、だれが二一九設の残務整理の面倒を見るのか。カンルーバン収容所には、私以外は誰も生還していなかったし、受け入れの一〇三施設部の幹部にも会っていない。事情はクラークの村山隊についても同様である。また、コレヒドールやクラークで出会ったほかの軍人設営隊についてはどうしたらよいのか。とにかくできるだけ分かったことを、手続きしておくことにした。

両谷は戦時中は施設部所属の高等官宿舎であった。私も大浦崎や宇佐に配属されて、本部に連絡のつど宿泊していた。しかし、当時は街にはオーストラリアの軍隊が進駐していたし、気の荒い復員軍人も潜んでいるという状況だったので、女子職員も通勤にともなう不測の事故を避けるために宿泊させており、両谷の雰囲気はよほど変わったものになっていた。

外地より引き揚げてきて、残務整理をすでに始めている復員官がいた。その人は岡沢裕といって、東大土木、昭和十六年卒業の先輩であった。彼は元海軍予備大尉であった。後に昭和五十七年に氏が出版された「三一八設営隊戦記——比島クラーク戦線——」によって、私と同じクラークで苦労され、昭和二十年十一月三日に比島を離れたことを知ったのであるが、両谷では、二人で同室していたにもかかわらず、当時はお互いに何もしゃべる気がなくて、どこで戦っていたのかまったく知らなかったし、話もしなかった。ただ残務整理の仕方や二河の庁舎との連絡方法などは、細かく教えていただいた。お互い気持ちが沈んでいたから、事務上の必要事項を教わるだけで、内容を見せ合うことはなかった。

さっそくつくったのは「二一九設営隊の行動概要の件報告」で、宛先は施設本部残務整理部長である。この頃はなんの手掛かりもないままに、コレヒドール島への米軍攻撃が二月十五日頃より始まり、落下傘部隊の降下など熾烈を加えたので、斬りこみ、山中潜伏、バターン半島へ泳いで脱出したであろうが、おおむね五月中旬頃までに戦死したようだという報告をおこなった。

この報告書を、人事係の女子理事生にタイプしてもらった。誤字脱字もなく配列もよく、綺麗に仕上がった。内地での仕事は上々のスタートを切った。その後、彼女は本来の仕事が忙しそうだったので、私のような飛び込みの仕事を依頼するのは遠慮した。

両谷にはほかにも何人かの女子職員がいたが、その人たちは出先出張所にいた一時勤務であって、戦前から、施設部本部にいた理事生は彼女ひとりであった。戦時中は家柄素性など厳しい審査がなされていた。彼女の絵は素朴であたたかく、薬缶の鉛筆画が戦地帰りの気持ちを優しくなごませてくれた。上司の紹介で彼女との交際が始まった。

彼女の家は呉市郊外にあり、両親とも旧家であった。じき近くに呉鎮守府の佐官級以上の官舎があった。彼女が親しくして頂いていた家族の中に、在フィリピン施設系の最高指揮官だった松本伊之吉技中将の留守宅もあった。松本技中将は、呉海軍施設部長から昭和十九年三月一日に一〇三海軍施設部長としてマニラへ出征されており、当時はまだ帰国されていなかったので、彼女の案内で、夫人が中将の消息を尋ねて私の執務室にこられたりした。

私は両谷で一回だけ、マラリアが再発した。例によって四十度を越す熱である。しかし、今回は行き届いた医療を受けて、その後は今日まで一回も熱は出ていない。

そのうちにフィリピンから帰還していた復員官が、いま一人いることを知った。元主計大尉の遠藤俊夫氏で、東大法学部、昭和十八年卒業であった。氏は岡沢氏より遅く、私よりもさきに両谷に来たそうだ。また一〇三施設部のマニラ残留組の中で生き残った二十名くらいのうちのひとりであった。

氏の話で始めて、二一九設営隊の様子が分かってきた。それによると、二一九設営隊は二十年一月二十日ころ、コレヒドール島よりルソン島に移り、マニラ南方サンタメサより山中に入り、東海岸に出て、北上してバギオ一〇三施設部隊との合流を企図したが、インファンタ付近で敵と際会し、二十年二月二十日頃、消息を絶った、という。

この話から一番気掛かりだった二一九設の隊員のコ島脱出は果たされていたと感じ、ほっとした。そしてその結果を取りいれ、二月十三日付けで二一九設残整第二号として、第二復員省人事局長あてに「第二一九設営隊士官並びに他所轄士官消息の件報告」をおこなった。

この報告では、

師田庄次技大尉　二一九設　昭和二十年二月二十日戦死（六月二十三日、技少佐に昇進）
大島正道技中尉　二一九設　昭和二十年二月二十日戦死（二月二十五日、技大尉に昇進）
小谷嘉一技少尉　二一九設　昭和二十年二月二十日戦死（二月二十五日、技中尉に昇進）
主大尉児島光雄は、昭和十九年十二月二十九日、クラーク出発、帰国生存。
医大尉二ツ橋亮は、昭和十九年十二月十五日、マ湾防備隊勤務となり、コ島に在り戦死推定とした。

さらに他部隊士官消息として、つぎのように記述した。

村山宏技大尉　一〇三施　昭和二十年六月十日戦死（〇技少佐に昇進）
西滋技少佐　一〇三施　昭和二十年三月十日戦死（〇技中佐に昇進）
柴崎敏行技大尉　三三三設　昭和二十年五月二十五日戦死（〇技少佐に昇進）
堂源一技中尉　三〇二設生還（三月一日、技大尉に昇進）
村松邦雄技少尉　三〇二設生還（四月一日、技中尉に昇進）
西垣富三技大尉　三〇八設　昭和二十年五月頃戦死認定（四月二十四日、技少佐に昇進）
播口雅男技少尉　三〇八設　昭和二十年二月一日頃戦死（三月四日、技中尉に昇進）

斎藤忠雄技大尉　三一五設　昭和二十年五月頃戦死認定（三月七日、技少佐に昇進）
古田敏正技中尉　三一五設　昭和二十年五月頃戦死認定（三一八設、六月二十日、技大尉に昇進）
今井清司技少尉　三一五設　昭和二十年二月一日頃戦死（三一八設、六月二十三日、技大尉に昇進）
彦坂善道技大尉　三一八設　昭和二十年六月頃戦死認定（六月十日、技少佐に昇進）
清水眞夫技大尉　三一八設　昭和二十年六月頃戦死認定（七月十二日、技少佐に昇進）
柳ケ瀬正彦技中尉　三三一設　昭和二十年二月二十日頃戦死認定（二月二十五日、技大尉に昇進）

括弧の中の日付けはあとで出版された『技術官の記録』（文献12）に載せてあるものである。〇は私の報告が採用されたものと思われるが、それ以外は若干の違いがある。

二月七日に横須賀地方復員部発で、二一九設営隊所属隊員井口政一が一月二十二日、浦賀で下船し、久里浜収容部に入り、二月十五日に復員させる旨通報があった。さらに二月八日、同じく横須賀地方復員部発で、二一九設営隊所属隊員勝見一美が昭和二十年十二月三十日に浦賀で下船、同日久里浜収容部で収容され、昭和二十一年一月一日に復員させた旨の通知がきた。

これに力を得て、さっそく帰還者に問いあわせの手紙を出した。これにたいして井口政一氏よりのみ返事が来た[53][54]。

これらの情報から三月十二日現在判明した二一九設の行動は、施設本部残務整理部長あての報告では、つぎのように変わっている。

『敵リンガエン湾上陸当時、本隊はコレヒドール島にありしも、一月二十日頃、任務完了しマニラに転進せり。十二月十五日、本隊解隊後、残留幹部及び工員は一〇三施附きに下士官兵は一〇三施仮勤務を命ぜられ、実質上は旧部隊をもって師田部隊と呼称し、一〇三施濱部隊(隊長濱海軍大尉)と合流、マニラ戦闘直前、同市東方山岳地帯に転進せり。

四月上旬、ルソン島東方海岸に進出、困難なる状況下よく糧食の現地自活、警備等により戦力を維持しありたり。五月上旬、インファンタ北方地区に警備中、敵の艦砲射撃、爆撃、ゲリラ戦漸《ようや》く熾烈となり多大の損害を出せるも、よく部隊全員結束して反撃に努めたり。されど兵器その他戦力の圧倒的差異は如何ともし難く、戦闘能力喪失の状況に立ち至り、加ふるに糧食の欠乏は全員一箇所に集中するを許さず、小部隊に分かれて山中に自活せり。これ七月初旬なり。その後の状況はまったく不明なれども(途中省略)総員九月に到らずして戦死せるものと認めらる。

註 1、昭和二十一年三月現在まで当隊生存者は小官外工員二名なり』

気掛かりだったのはコレヒドールに残した設営隊だったが、一月二十日にマニラへ転進したという。私はインファンタなどの地名は馴染みがなかったが、一応整理を進めた。ことに返事の中での井口政一氏の報告では、本隊という呼称がされていたので、二一九設は全部、マニラに移って戦闘に参加したものと解釈したのである。

炎上するマニラ市街。昭和20年２月13日に米軍が上陸した

ただ一抹の不安だったのは、大島技中尉や小谷技少尉については、遠藤主大尉はコレヒドールを脱出した際に戦死したと述べていたことで、その細部についてはわからなかった。

インファンタ地区における情報をさらに詳細記述したのは、三月十五日付け呉地方復員局長官あて戦死認定の件報告である。

『前略　二月三日より始まりたるマニラ攻防戦は、二月九日、我が軍の東方山岳地帯への転進にて終わりを告げ、同時に師田部隊は糧食の輸送補給をなしつつモンタルバンに転進、爾後、逐次三月下旬、サンタインネツへ転進せり。

当時マニラ防衛部隊又同地区に集結し、便宜上海軍部隊は「三宅部隊」、「中込部隊」及び三月上旬、インファンタ地区に進出せるマニラ東方海軍防衛部隊に編成せらる。師田部隊は一〇三施濱部隊（隊長濱海軍大尉）と共に中込部隊に属せり。四月上旬、中込部隊はインファンタ地区に移動せり。四月中旬、更に北上しインファンタ北方にて現地自活に入る。この間、常に三宅部隊を先進しありし為、食糧事情は比較的良好なりき。但し部隊は北上してバギオ方面と合流の意図を有しありしも、既にウミライ河流域には有力なる敵部隊配備しあること明白となり、非戦闘部隊の劣弱なる装備と僅少なる糧食を以っては、之を突破北上すること不可能なるを以って右企図を断念しあり』

このあと四月下旬より五月上旬にかけて、インファンタ地区に対する敵の攻撃が激烈となってからの行動は前出と同じである。

三月十五日に、念のために呉海軍施設部残務整理班長と百三施設部の残務整理主任あてに、「二一九設は十二月十五日付けで百三施所属となったから、二一九設文官及び工員を一〇三施付きとして処理願いたい」という文書を、さらに三月二十三日に、一〇三施設部の残務整理主任に二一九設工員生還者名簿、戦没者名簿、行方不明者名簿を添え、あらためて人事整理を委託し、その旨を呉海軍施設部残務整理班長に通報した。

また、工員現地給は昭和二十年一月以降未給であること、工員家族渡しについても未支給額や昇給のための従来よりの差額を調査して家族に渡して欲しい旨、呉海軍施設部残務整理班家族渡し係りへ依頼した。

つぎに一〇三施残務整理に協力のため、クラーク地区一〇三施分遣隊であるところの村山隊の状況報告を遠藤委員におこなった。その際、村山隊の幹部として、宍戸、浅田、天野技手、西川書記、同行民間人として、喜多、向井ほか住友鉱業社員がいたことを述べ、この回想録に書いた通りの、これらの職員の戦死状況について詳細に報告した。

付表－3に村山隊幹部、付表－4に村山隊内地工員の名簿を示す。

なお村山元少佐と最後まで同行したという羽根工員の名前が、なぜか入っていない。さらに、二一九設営隊の下士官兵については、三月四日発で呉地方復員局経理部長あてに給与通牒を移牒した。

その内容はつぎの通りである。

俸給、戦時増俸、賞与、特別加俸、勤続手当は全額家族渡し中。

善行章、特技章等諸加俸、衣食料、併給食、戦給品、死亡賜金、離現役手当、退職賞与、埋葬料、家族出頭旅費、武装手当は昭和二十年一月以降未給。

付表 - 5に下士官兵の名簿を示す（官職は申請特進後、戦死年月日は推定）。

このうち井口書簡により、死亡年月日は変更されるべきものがあると考えられるが仕方がない。

以上によってすべての残務整理は終了した。

藤岡氏の紹介で交際を始めた理事生の彼女と戦後の翌年、結婚した。彼女は第一章でも触れたように、第二一九設営隊が呉を出発するときに、大勢の職員たちと一緒に鎮守府小桟橋まで行って見送っていた。このことも当時は知らなかった。最近回顧録を書き出してから、彼女が教えてくれたものである。なお藤岡氏は、復員後会社勤めであったが、しばらくして寺の住職となられた。

ただこのような経歴なので、ふたりの戦争とか国防についての考えは一致している。私は戦後の乱れた思潮の中に違和感を感じるたびに、彼女に力づけられることを感謝している。

彼女は私にとって戦友であるのだ。

三月末に残務整理班は解散することとなり、三月三十一日付けで召集解除の辞令をもらい、今度こそ復員して、両谷を去ったのである。

第二部――追悼

第一章　コレヒドール海軍防備隊

第一部で述べたようにして、私は二一九設営隊の残務整理をすませ、以後は市民生活を送って戦後五十四年が経過した。しかし、この設営隊について、私は年来なにがしかのわだかまりが心の片隅にあった。釈然としないのは、大島、小谷両士官について、だれも確かな証言をしていないことである。第一部末尾にあげた井口政一氏の手紙にも、生存者の名前が数名挙げられていたが、そこに挙げられた人たちは私が昭和二十年正月にマニラ脱出の際に、コレヒドール島に工事にも行かずに、師田隊長と一緒にマニラにいるなと感じた人たちばかりのように思われた。だったらコ島にいた隊員は、遠藤氏の証言にもかかわらず、大島、小谷両士官のもとで脱出できずにコ島の戦闘に巻きこまれたのではないか。

平成十年秋に完全な年金生活に入り、一切の勤務にともなう義務から解放されたとき、まず頭に浮かんだのは、この年来の疑問をなんとかして解決できないかということであった。戦後五十四年、ほとんど埋没しかかっている戦争の事実を、正しく後世に伝えておかなければ、戦没した隊員に申し訳ないと改めて思った。

フィリピン戦線からの生還者は、二一九設を含めて終戦時、すでに非常に少なかった。情報はあまりにもない。しかも平成十年の今日、そのわずかの生還者も命永らえているかどうかも分からない。

では他部隊ではどうだったのか。

わが国での戦後の公式記録は、防衛庁防衛研究所戦史部著「大東亜戦争公刊戦史」であろう。コ島については《南西方面海軍作戦第二段以降》というものに載せられている(55)。

その書によると、二一九設営隊がマニラに到着した際、配属された三一特別根拠地隊(以下三一特根と略称)は公式には昭和十九年九月十日に新しく編成されていた。だから二一九設営隊は、特根編成二ヵ月後に進出していたわけで、私が何も準備されていないと感じたのは、当を得たものだったのだ。戦史には、「十一月には設営隊が投入されて砲台工事、隧道工事が開始され」と本書の記述を裏付けている(56)。

さらに戦史の記述を続ける。

「特根編成以前には、少尉を長とするコレヒドール防衛衛所があり、水警科の一部が配置されて、聴音哨戒や湾口警戒を行なっていた。震洋隊は第七、九、十、十一、十二、十三の六コで、昭和十九年九月三十日より逐次、コ島に進出している。また、さきに述べた武蔵、熊野、木曽、鈴谷、最上の一部生存者のほかに、鬼怒の全生存者もコ島陸上防備に配備された」

つまりコ島には、撃沈された軍艦の生存者ばかり集結していた。これは防諜上の配慮だったと思われる。

陸軍の戦史によると、十九年十月三十日、臨時歩兵第一大隊が編成され、主力が到着したのは十一月八日で二一九設の到着より二日早いだけである。編成は歩兵大隊本部、二コ中隊、機関銃中隊、工兵小隊であった。その前からは重砲中隊一、砲兵中隊二、防空隊一がいたので、これを指揮下におさめて、あわせて湾口支隊といった[57]。

これが二一九設進出時の戦備状況だったが、私たち末端の設営隊では友軍部隊との連絡、情報交換の場はなく、どこで何をしているのかさっぱりわからなかった。島に散在している各部隊を散見するのみであった。今から考えると、二一九設は一〇三施設部所属の非戦闘部隊として、連絡がなかったのかも知れない。

これらの部隊の戦闘記録から、間接に何かのいとぐちが得られるかもしれない。しかし、ここで問題だったのは、生存者を探して様子を聞くことにあった。ところが投降を不名誉とする考えから、コ島のような壊滅の島では、戦いの証人ですら残らない。わずかな生存者はほとんど捕虜になって残った人たちばかりだ。しかも彼らはいまだにそのことを恥じて多くを語らない。彼らとても進んで投降したのではない。傷を負って人事不省の最中に捕らわれの身となったのである。

日本の社会に深く根づいている意識下の深淵！　それが今日でも、未だに影響しているのだ。

これに反して、昭和十七年に日本軍がバターン半島からコレヒドールを攻めたときは、アメリカ軍は白旗を掲げて七万の将兵の命を救った(58)。日本でも昔の戦国武将は、大将の命と引き換えに部下の生命を救うのが、常道であったのだが。

そのうえ、わが軍の戦闘方式は夜間の斬り込みを主体とした。この斬り込みという戦術の効果についてであるが、アメリカ軍は夜間の休息によって翌日の戦闘に備え、体力の維持に努めている。斬り込み対策は、照明弾の間断ない打ち上げ、幕営地付近の鉄条網や赤外線監視カメラ、警報装置である。襲撃されたときには、多分、当番の警戒兵が昼間にセットしている日本兵の予想侵入路方向に、無作為に無茶苦茶に銃弾を降らせる。斬り込みは成功することもあったが、失敗することが多かったようである。

勇敢な兵士は斃《たお》される。生き残った兵士には、ふたたび斬り込みが命令される。結局、死ぬまでやらされる。斬り込みが数組による連携プレーであれば、戦術的に多少はいただけるが、散発的であれば、敵の部隊行動に影響はほとんどない。反対にわが軍の戦力は、自滅的に減少してゆく。

アメリカ軍のレポートでは、最初のガダルカナルでこそ恐れられたけれども、各地で常套的に繰り返されるにつれて、その対処策が確立されてゆき、フィリピン戦のころは、

“harakiri” 攻撃とか “banzai” 攻撃とか記述していて、むしろ歓迎しているふうである。これは部隊の自殺行為だ。戦力は次第に減少してゆき、クラークでは斬り込みに出されても、戦線離脱兵までも出ていたように感じられた。軍紀を維持するには、無茶苦茶な人命無視の戦法はとるべきではない。今さら悲憤慷慨しても始まらない。

つてがあってその頃、コレヒドールにあって奇跡的に生還した他隊の旧士官に話を聞く機会を得た。

「大島技中尉はカバロ島にいたそうだぜ」

米軍機の攻撃をうけるマニラ湾の輸送船

彼は当時、島の東端にいたので、二一九設の動静を詳《つまび》らかには知らなかった。

彼はしかし、野中義治氏著「コレヒドール島玉砕記」というどこかの雑誌記事のリコピーをくれた。それは野中氏の所属した三二八設営隊の記事であった。[59] また数日後、国会図書館で、同じ著者による雑誌「丸」別冊十一号「比島陸海軍決戦記」（太平洋戦争証言シリーズ一九八九／平成一年）に載せてある同名の記事を見つけた。[60]

野中報告によれば、一月に入って、コ島には新しく三二八設営隊が来た。この隊は十一月末日、佐世保を出航し、バシー海峡で潜水艦に攻撃され、駆潜艇に助けられた後、無傷だった別の輸送船に移乗し、命からがらマニラに到着している。ただし、人員の損害はなかったという。

一時、ルセナで陸軍野砲連隊の陣地構築をした後、マニラに来た。幹部にはやはり青島同期の笹田喜代技術中尉が副長でいたが、敵がリンガエンに上陸する以前に隊を二分し、一月七日、一隊は笹田技中尉が率いてバギオに転じ、残り二七一名が木野健男技大尉（後に技少佐）を隊長としてコ島に来た。この隊には、またやはり同期の中島清治技少尉（後に技中尉）が中隊長でいた。

この設営隊のコ島での仕事は、海軍隧道の掘削と震洋艇水路の構築であったという。海軍隧道は二一九設の場所ではなくて、サンホセ岬西の崖下のようである。野中報告に、コレヒドール島防衛軍として載せてある設営隊は、三二八、三三一、三三三の三コ設営隊で、いずれも軍人設営隊である。ちなみに、前述した防衛庁戦史部の公刊戦史には、設営隊のことはまったく触れていない。

両報告とも、肝心の二一九設営隊のことに何ら触れてないのである。これはどうしたことだろうか。二一九設営隊は、どのような区処を受けていたのだろうか。何の区処も受けず、ただあてもなく右往左往していたのだろうか。戦史にも載せられず、しかもコ島を脱出できなかったのか。これではあまりにも理不尽ではないか。私は終戦後、残務整理に努力を傾けていただけに割り切れない思いであった。

第一部第十章で、私は小川少佐と同じカンルーバン収容所のキャンプにいたことを述べた。その小川氏と直接電話をすることができた。時に平成十一年一月十六日であった。収容所以来の久闊を謝したあと、氏の動静を尋ねた。

「貴方は武蔵の乗組員だったのですか？」と私。

「いやー、私は石井中佐の代わりに、お前行けということで、内地から直接三一特根に配属されたんですよ。アメリカのルソン上陸直前にコ島から転勤になりましてねー。マニラ防衛部隊南地区隊第四大隊長となったのです」

石井中佐はコ島司令官として赴任途中、輸送機に搭乗して、十一月末にクラーク飛行場に着陸寸前に、P38に狙い撃ちにされて戦死していた。そこで、とりあえず小川少佐は「コレヒドール防備作業指揮官」という命令を受けて、十二月二十日頃、着任したのだそうである。

後述の峰尾少佐の手記によると、小川氏は防備作業が終わるとマニラに引き返すことになっていたという。しかもここでも防備作業に従事していたのは設営隊（吉田海軍技術中佐）とされ、しかも作業ははかどらなかった(61)……と述べているが、実際は第一部第四章で述べたように、十二月中旬にコ島に来た三三一設営隊の隊長が兵科の吉田中佐であり、作業は二一九、三三一、三三三の三設営隊で必死におこなっていて、作業も精一杯努力していたのである。特根参謀の現地把握がいかにずさんであったかの好例である。

なお昭和二十年一月、米軍上陸後、三三三設は柴崎技大尉離隊後に三三一設と合隊した。

この間に現地陸海上層部の戦略意見は二転三転し、結局、十二月二十日、アメリカ軍のルソン島攻撃近しというので、マニラ海軍防衛部隊（略称マ海防）が編成された。[62]

ルソン島防衛の全般に言えることなのだが、すべてが行き当たりばったりであった。当初はコレヒドール防衛部隊は、マ海防コ島派遣隊となっていて、陸軍部隊は特根司令官の指揮下に入ることになっていた。ところが、十二月二十二日に、新たにコレヒドール海軍防衛部隊（略称コ海防）を設けることとなり、指揮官に三一特根先任参謀板垣昂大佐がみずから乗り込み、震洋隊群指揮官は小山田正一少佐が発令された。同時に陸軍の湾口支隊（隊長市之沢大尉）も、板垣大佐の指揮下に入っている。マニラでは、これと同時にマニラ海軍防衛部隊（略称マ海防）が組織され、指揮官は三一特根司令官岩渕三次少将となった。これにともなって小川少佐は、マ海防南部隊海軍第四大隊長となり、二十年一月六日頃、島を離れた。

このいきさつから、マ海防とコ海防とは連携しながら、防備体制を強化することに努力していたものと思われる。これが現地部隊でできる精一杯の準備であったと思われる。してみると、彼はマニラ防衛戦で大激戦を戦った勇士ではないか。

「ご苦労でしたね。」

「えー、インファンタで終戦になって、戦犯で死刑の宣告を受け、八年の刑に服してから帰還したのです」

氏は私たちが帰国後も大変な苦労を重ねていた。それから続けた言葉は、さらに強烈だった。

「帰還後、自衛隊に入っていました」

わが国の自衛隊の本質を見る思いがした。現在のわが国では、憲法九条論議の中に、割り切れない立場なのに、なお国家を護ろうと黙々と努めているのである。

「いやー、ご苦労様でした。ところで、昭和十九年の暮れに、私は二一九設営隊のマニラ帰還をあなたから、止められましたが、その設営隊について、どうなったか知りませんか?」

これこそ私がもっとも知りたかったことであった。

「私は一月六日にコレヒドールを離れているので、分かりません」

なんと指揮官が転勤不在となったのは、二一九設だけではなかったのである。しかも二一九設営隊では、私がいなくなり、隊長はマニラにこもったきりなのだ。大島、小谷はさぞ心細かったことだろう。

小川氏は今八十三歳であること、腰痛で入院していたが、今は回復していることなどを、軍人らしい、てきぱきとした口調で話してくれた……。

じつは第一部で述べた私の第二復員官としての召集解除のあと、二一九設営隊員の生還者の井口政一、勝見一美二氏のほかに一名の追加があったようで、私のメモに筆で書き加えられていたが、当時すでに残務整理班解散後であったので、何の処置もしないでいた。

思いついてその人の電話を調べてみた。幸いなことに、氏は現在でも控えていたメモの住所に居住していた。彼はすでに七十七歳であったが、重い口からごく断片的に得た情報では、氏はコレヒドールにいたのである。そのうえアメリカ軍来襲時、コレヒドール島には二一九設営隊隊員が多数いたこと、脱出時には仲間と一緒にマリンタトンネルにいたことを知らせてくれた。

こうして私の年来の不安は的中した。彼の経験は多くを語らずとも、野中氏の経験と重複する。二一九設の多数の隊員がコ島にいたのである。

第二章　二一九設の帰属と行動指令

そうだとしたら、二一九設は昭和十九年十二月十五日の発令で解隊し、一〇三施設部に吸収されたのだから、戦闘に際してどのような区処がなされたのであろうか。これを明らかにしなければ、彼らは何のために戦地に派遣されたのか、名分を失うことになる。そうなったら、大変申し訳ないことである。焦慮のうちに、月日を過ごしていたのであるが、この問題の解決は意外の方向から得られた。

それは峰尾静彦著「マ海防第三大隊長」の手記であった。

これによれば、昭和十九年十二月二十二日のマ海防の編成命令で、三一特根と同列の海軍病院、軍需部、施設部がマ海防に組み入れられたという。二一九設は、一〇三施設部に所属していたと考えれば、軍令、軍政の取り扱いの区別がこの時点で消滅していることになる。

そうであれば、戦闘に際しての名分は立つ。[63]

すなわち二一九設は一〇三施設部所属部隊として、マ海防に組み入れられたと考えていい。

だからコ海防の編成を記述した野中報告（文献7）に二一九設が含まれていなかったのだ。

さらに、防衛研究所図書館で、マ海防萱場参謀の手記を発見した(64)。この手記の第三章に、付属隊の活躍というのがある。

付属隊のうち施設隊は、志満津技中佐の指揮下におかれたとなっている。ついで付属隊の戦況が書かれており、連合施設隊の作業と行動の中で、連合施設隊は三個中隊編成を行なった。そのうち第三中隊はコレヒドール島において木材収集に任じたという。

ついに発見した。この部隊は明らかに、二一九設だったのだ。

この戦況逼迫《ひっぱく》の折に、木材収集でもあるまい。実際の工事は、さきに述べたように海岸隠蔽砲台と震洋基地の建設だったのだ。当時、この工事のことは軍極秘だった。十二月二十日の時点では、マ海防がコ島兵力を指揮していたから、マ海防参謀のこの記述は不自然ではない。そして二十二日にコ海防設立となっても、二一九設のコ島部隊はコ海防に所属せず、マ海防連合施設隊第三中隊として区処されていたことになる。野中報告にいう「コレヒドール防衛軍」はコ海防だから、これには入っていなかったのである。

マ海防付属隊連合施設隊総数は、萱場手記では九百七十八名である。その三分の一は三百三十名ほどであるが、十二月末の二一九設の総数は三五八名である。二一九設は第一中隊機械、電気、第二中隊土木、第三中隊建築と配属していた。その中の二個中隊、つまり土木、建築の二個中隊二百四十名がコレヒドール島に派遣されていたのだ。

では、マ海防として連合施設隊第三中隊に、どのような命令を与えたのか。また、実際にはその命令がどう実行されたのか。

萱場手記は、この点で俄然、歯切れが悪くなる。一月中旬より二月三日までコ島において木材千五百立方メートル収集とあり、二個中隊のマニラ帰着の記録はない。それに類似の記録は、敵のマニラ来襲直前における各付属隊の戦況の中に、転進状況としてキャビテ、コレヒドールより百五十名帰来とある。これを二一九設と考えると、コ島派遣二百四十名のうち九十名が残置されたことになる。

しかし、とにかく混乱のうちにあって、これだけの手記を残してくれた萱場参謀には感謝の言葉もない。二一九設は、命令系統からはずれた旅鳥ではなかったのだ。

第三章　設営隊戦没状況の調査

さて、ついで私は、防衛研究所図書館で呉地方復員局編「大東亜戦（軍属之部）戦没者索引」を発見した。[65]

この資料は、ルソン島に限らず太平洋全域にわたり、所属庁も施設部に限っていないのであるが、旧二一九設所属軍属の戦死年月日も、二一九設として記録されていた。ただ惜しむらくは、いろは順で「い」から「な」までしか入っていない。いろは順の後半「ら」から「ん」まではなぜか分からないが、失われている。それでも、この種の資料は復員局全体の中で、呉復員局のものだけしかないという点で貴重であった。これらは敗戦直後に資料廃棄の命令が出て、なくなったためかも知れない。

さらに第一部で述べた私自身が一〇三施設部残務整理委員へ移管した名簿と照合して見ると、記述されている範囲では、この資料に載せてある名前は、見事に私の名簿に含まれていた。私は移管の際には戦死年月日不明としていたから、呉地方復員局では終戦直後、遺家族に知らせるために手を尽くしたものと考えられた。

また「い」から「な」の範囲でも、私の名簿に名前が記載されているのに、呉地方復員局の名簿に記載がない者が多数あることに気づいた。この理由について考えると、ふたたび大島、小谷両士官と同様な問題に行き当たる。つまり、一〇三施設部の残務整理委員は、自分で把握していた名簿に含まれていない軍属の戦死年月日を記載することはできなかったのではないだろうか。つまり、私の名簿に記載されていて、一〇三施設部の名簿からはずれている者が、コレヒドール島に残置された人たちであろう。

「い」から「な」までの人数比率を、五十音全部の比率に当てはめて見ると、推定したコ島残置人数は七十名ほどになった。この人数は萱場参謀記録より推定した人数九十名より若干少ない。しかし、M氏はどのくらいか覚えていないが、大勢いたと言っているので、大体の推定としては違わないのでないか。

いま少し確かな資料はないものだろうか。国会図書館で調べると、昭和三十四年九月二十五日、厚生省に中央引揚援護局ができて、各地方復員部が昭和三十四年十一月までに資料を移管している。この中央引揚援護局は、昭和三十六年六月一日で援護局となり、平成十一年現在は厚生省社会援護局業務第二課の所管である。

しかし、連絡して見ると、さきに述べたようにプライバシー保護のために個人情報は一切公開しないという。調査はこの時点で行き詰まった。

「どうして見せてくれないのですか」と私。

「いろいろ戦場でのトラブルとかありまして、個人情報は見せられないことになったのです。」

いろいろ押し問答をしたが、どうしても駄目という。そのうち神村《じんむら》史料専門官が思いついたような態で、呉海軍設営隊戦友会の存在を教えてくれた。

この会は、呉において編成された海軍設営隊の軍属戦没者顕彰を目的として設立されていた。その主な事業は戦跡における追悼、遺骨収集、慰霊碑建立と慰霊祭実施であった。さっそく連絡をとったところ、馬屋原義之氏より、呉において建立された慰霊碑に関する資料を送って頂いたのである。(66)

資料作成は昭和五十一年三月十一日であり、いまより二十三年前、終戦より三十一年である。それに記載されている二一九設の名簿を今までの資料と対照してみると、「い」から「な」までについて、若干の食い違いがあったが、大部分は一致する。そこで防衛庁資料で欠落していた「ら」から「ん」までの部分の戦死年月日を、これで補うこととした。

さらにこの資料には、昭和十九年十一月四日における水没者のリストが含まれていた。このリストは、児島元主大尉が控えていたノートの氏名と一致した。多分、昭和十九年、雷撃直後マニラから呉に報告したものであろう。私の持っていた資料には含まれていなかったので、この水没者リストは採用することとした。

こうして二一九設営隊隊員の戦没年月日が特定されていった。ただし、井口氏証言と食い違うものが二名ほどあったので、これは井口証言に矛盾しないようにした。なお、戦友会リストの中に、二一九設隊員ではない人の名前が十名含まれていた。その理由についてはわからない。

結論として概要を述べると、呉出発時の文官職員工員総計は三百八十七名である。[67] このうち、十一月四日の敵潜水艦の雷撃による水没者は兵員三名（付表－5）と工員二十八名（付表－6）であった。なお付表－6中職名は児島書簡より、出身地は参照資料[66]より求めた。職名出身地空欄は文献（66）にないが、児島書簡には職名を入れないでふくまれていたものである。

このときの戦傷で十一月二十八日、山谷徳右衛門が戦死していた。残り三百五十八名が上述のように、連合施設隊第三中隊に編入されたが、コ島で工事に従事したのは二百四十名で、残り百十八名はマニラに残留し、資材の調達補給を担当していた。[67]

以下次章では、私が離島したあとの、コレヒドール島での戦闘の状況を述べる。また大島中尉がカバロ島にいたというので、そこの状況を第五章に、さらに当初からマニラにいた隊員及びコレヒドールより一月にマニラへ帰還した隊員の合計二百六十五名の運命については、第六章以降に述べる。

第四章　コレヒドール島の隊員

A、空襲

十二月二十日、マニラへ連絡の用務を帯びていた記録員蔵立巌が連絡船上で銃撃され、戦死した。コ島では、一月七日に、機雷の誘爆事故があった。萱場手記によると、十五日ロッキードP47が十一機来襲、被害は大発二隻と第十七朝日丸沈没であった。二十三日、ボーイングB24が十機来襲、四号海軍トンネル誘爆、二十四日、二十五日、二十六日とロッキードP38、サンダーボルトP47、ムスタングP51、ボーイングB24、オーストラリアA－20Aなど延べ八十二機、二十七、二十九日はボーイングB24主体で猛爆継続という状況であった。

図－14に示したコレヒドール島の平面図を参照すると、島の西側中央の△が二一九設の構築した隠蔽砲台で表砲台と名づけられた。アメリカ軍は以前、コ島を要塞化していたから、地形には英語の名前がつけられている。その名前でいうと、ギャリー岬の上に南砲台があって、これは三三三設が施工した。島の東キンドレー飛行場近くの砲台は東砲台といい、三三一設が担当した。各砲台に三門ずつの十四サンチ砲が据え付けられることになっていたから、合計九門であり、各砲台に兵員百名がはりついた。

無電報告によれば、一月三十日現在、兵力は高角砲十二、大小機銃六十、兵員六百名であった。魚雷艇隊（第十二、第二十五、第三十一）は六百名いたが、肝心の魚雷艇は二隻しかなかった。震洋隊（第九、第十、第十一、第十二、第十三）はほぼ二百隻約八百五十名で、島中央部南海岸（サンホセ海岸）に向かって左側に設けられた簡易隧道に配置した。このほか島には通信・医務・本部・内務・主計など五百名がいた。(68)

T氏談「一月十九日隠蔽砲台の工事が完了し、十四サンチ砲九門が後藤瑞夫技大尉の指揮のもとに据え付けられた」

この人は東大工学部造兵学科出身で、私達技術科士官の青島訓練時代の第十八分隊教官であった。この後、氏の消息は途絶えている。

小川少佐も離島しており、さすがに師田隊長も努力したのであろう。これ以降二一九設営隊は急遽、マニラの本隊に合流すべく帰隊を急いだ。

空襲の合間を見ては、少しずつ離島していったものと思われる。一月二十日ころに百四十七名が帰還したが、これが最後の便だったらしい。コ島にはなお九十二名が残っていた。この残置隊員数は、さきに推定した九十名とほぼ一致する。大島、小谷両士官は最後に離島するつもりだったのではないか。

コ島にたいする空襲が激化しだしたのは、上に述べたように一月二十三日からである。この日から、二月六日までほとんど連日の空襲により総計三千二百トンの爆弾が投下された。これは南西太平洋戦線における投下密度で最大の規模であった。残存隊員の離島は不可能となった。また戦わずして地上の施設は丸裸となり、兵舎、衛所、発電所が破壊され、大発、機帆船、起重機船が沈没した。また三二八設の施工した隧道も入口が埋没、陸戦用近接火器の大部分が亡失した。一番痛かったのは、弾庫に命中したため誘爆により、大中口径砲弾が五千三百発、燃料七十八トンも亡失したということだった。残置隊員は嫌でも戦闘に巻きこまれていった。

設営隊が建設に努力した隠蔽式海岸砲台は空襲下でも、隠忍していまだ砲門を開いていないので、アメリカ軍も気づかず、なお戦力を維持していた。

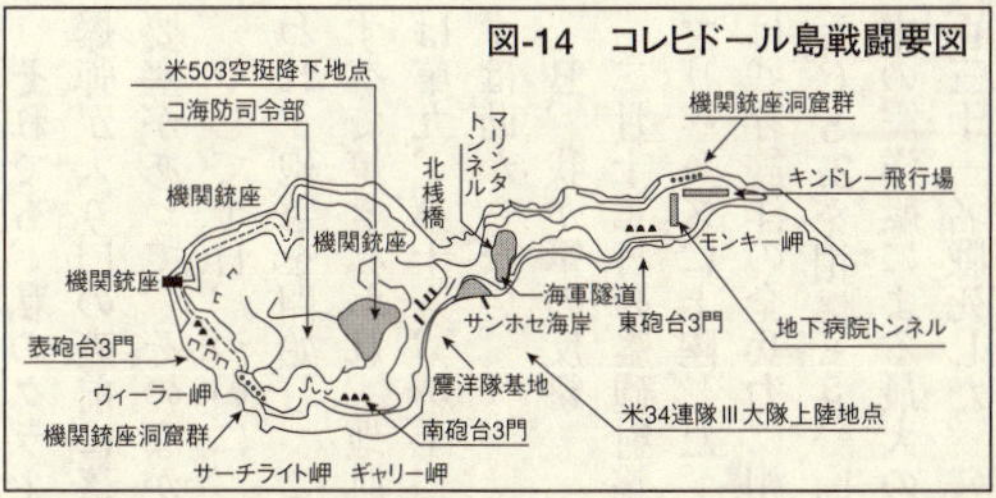

図-14　コレヒドール島戦闘要図

二月三日、島の西部にいた第十三震洋隊は露出したままであったので、爆撃を受け、二十隻が炎上し、残った二十隻は破損し、事実上壊滅した。震洋隊の残るは、この時点では隧道内に隠されていた第九、第十、第十一、第十二の各隊平均十五隻、合計六十隻に減っていた。二月六日、敵魚雷艇が終日湾口付近で行動し始めたのは、わが震洋艇の活躍を封じ込めようという意図であったのであろう。

それでも、私のクラークでの経験では、案外洞窟の中にいれば、切り抜けられるもので、爆弾が入り口の直前に落下したのでさえなければ、何とかなる。島にはいたるところに地下要塞があって、そのなかに居住している兵員の空襲による被害はごく少なかったという。

そして十日、ついに、軽巡洋艦、駆逐艦四からなるアメリカ第八艦隊がマニラ湾口にあらわれ、砲撃を開始し、これ以降、連日砲撃が始まった。この砲爆撃によって、ジャングルはすべて焼き払われ、地肌が見えるようになった。震洋では第十が大半失われ五隻のみ、残りは第九、第十一、第十二を主とし、四十五ないし五十五隻となった。砲撃は狙われると、まずは助からない。

B、我が軍の反撃

二月十三日の艦砲射撃で、さらに震洋十九隻が大破した。十五日、敵がバターン半島対岸マリベレスに上陸した。わが軍では始めて命により、震洋三十六隻（？）が出撃した。これは残存震洋の全兵力に相当する。この攻撃により、マリベレスにいた戦車揚陸支援艦五隻中LCS27を損傷させ、同7、40、26の三隻を撃沈という戦果であった。これは太平洋戦争中の震洋艇による最大の戦果であった。しかし、わが方でも第十二震洋隊が百八十八名中、百三十一名戦死した。残りは第九、第十一のみとなったが、震洋艇はこの時点で皆無となり、残存隊員は三百六十名ほどで、陸戦準備に入っている。

C、コ島の戦闘

そして遂に魔の二月十六日を迎える。防御体制はすべて、陸から海に向かっていた。島はほとんど絶壁であったから、水陸両用艇が乗り上げてくるとすれば、砂浜になっている島中央部の南側サンホセ浜と考えられる。しかし、この浜はあまり大規模でないので、予想される日本軍の抵抗を排して大部隊を上陸させるには、犠牲が大き過ぎると考えたのであろう。写真では、震洋のトンネル付近が爆撃されているが、それよりも中央マリンタ上部の山塊に猛爆が加わっているのは、アメリカ軍はここにミル要塞を築いていたので、それを潰そうとしたものらしい。さらに空挺部隊を降下させるために、降下予定地点を爆撃して、わが軍の対空火器を無力化しようとした[69]。

震洋のトンネル付近が爆撃されている

これと同時に、アメリカ軍の第三四連隊はマリベレスから、LCPRを発進させたが、これに対しては、わが海岸砲台が始めて砲門を開いて迎え撃った。アメリカ軍では、砲弾は船の上を飛び越したと述べている。

空挺部隊は五〇三連隊といい、ミンドロ島から空輸されてきたという。早朝から戦闘機による機銃掃射を繰り返したあと、午前八時三十分、コ島司令部前面の平坦地トップサイトへ降下してきた。当時相当な強風が吹いており、一部は南方の洋上に流されたが、大部分は台地に着陸した。降下は三波に分かれており、午前十時、午後十二時四十分と降下し、結局二千四十名であった。

第三二八設営隊の野中上等工作兵はかつて若いころ、北支派遣軍として転戦した老練の兵士であったが、このときを思い出して、つぎのように書いている。

「これはすでに戦さではない。戦争というものは、少なくとも一度くらいは反撃できる武装で戦いたいものである。つくづくそう絶叫したくなった」と。彼らの持っていたのは、三八式騎兵銃だけだった。

午前十時二十八分には海上から来た第三四連隊がサンホセ海浜に上陸した。この部隊を迎え撃ったわが海岸砲台は、敵艦隊の集中砲撃を受けた。

「このときは、島全体がくずれさるかと思ったほどであった。砲声がとどろきわたり、砂塵が冲天高く舞い上がった。(陸軍部隊は南砲台付近で全滅した)」

アメリカ三四連隊も上陸に際して地雷によってかなりの被害を受けた。そして安全な上陸ができるようになるのに、数時間を要した。

戦闘は中央台地とマリンタ高地とサンホセ海岸とで行なわれ、さらに敵艦隊の砲撃と空襲が絶え間なく我を襲うという大激戦となった。こちらの攻撃は斬り込み、手榴弾だけであった。しかし、この降下作戦のため、われは東西に分断されてしまった。

司令官板垣大佐は、この日朝、海から来る敵に備えようと海岸に出ていたために、中央台地にある司令部を占領されてしまった。

前日のマリベレス上陸は敵の陽動作戦であり、そのため、わが軍は海岸よりの攻撃を予想していたので、見事に裏をかかれたといえる。コ島の配備は設営隊が行なってきたように、海上より来襲する敵に対するものであったが、空挺部隊に砲台の背後から強襲されては、不利な戦勢といわざるをえない。

敵襲の二日目十七日朝　板垣大佐は捕獲したロケット弾の試験発射を行ない、誤爆のため重傷を負い、指揮不能になった。さらに夜、敵の手榴弾によって戦死した。

わが軍は、それでも島のいたるところに設けたトンネルやタコ壺に隠れては斬り込みをかけた。島のいたるところで、白兵戦や肉弾攻撃が展開された。

戦闘の主力は砲台守備隊、震洋隊、魚雷艦隊の生き残りと陸軍とであったが、わが軍の組織的戦闘は組みたてられず、凄惨な状況であったようである。敵は最初、スパイ活動によって島の守備兵力を八百名と見積もっており、簡単に制圧できると思っていたらしい。

予想外の頑強な抵抗にあい、さらに十七日午後、空挺部隊五〇三連隊の残りが対岸サンマルセリノに着陸し、上陸用舟艇でサンホセに上陸してきた。三四連隊第三大隊はこの日、中央台地を制圧したが、夜、我が軍の斬りこみを受けた。ここでは、わが軍の百名が壮絶な戦死を遂げている。

この丘からサンホセドックまでのいたるところにはトーチカがあって、そこを攻撃していたアメリカ軍の小隊は、このトーチカの爆砕にともなう山崩れに巻き込まれて戦死者を出した。アメリカ軍は台地を制圧したが、マリンタ高地の西側では、なおわが軍はトンネル、タコ壺にこもって戦闘を継続した。

私は昭和十九年十二月には、こうした防御施設には気づかなかったが、アメリカ軍が戦前、島の至るところに地下施設を構築していたらしい。それらは一月以降の必死な補強工事によって強化されていたようである。

マリンタ高地から島の東端にいたる道路では、わが軍はなお地下工事を継続した。これに対し、アメリカ軍は入口を閉塞するとか啓開するとか、しなければならなかったから、やはり大きい損害を受けていた。アメリカ軍にとっても、この戦闘は消耗戦であった。

おたまじゃくし頭部の南西サイドの、ウィーラー岬とサーチライト岬を結ぶ海岸には、洞窟の中に日本軍のトーチカがあった。この洞窟は満潮の際に水面すれすれであったから、海からの近接を困難にしている。上方は斜めに張り出しているので、アメリカ軍はロープに兵士を吊り下げて、洞窟を狙ったが、その兵士は空しく死体となって吊り上げられた。干潮のときアメリカ軍が強襲したが、指揮していたアメリカ軍の士官、下級士官、兵士は死傷するだけであった。

駆逐艦が洞窟を破砕するために近接したところ、これらは沿岸砲台と機関銃の十字砲火を浴びて撤退させられた。これは陸軍の蔵田騎兵銃中隊と二一九設が建設した砲台（木曽乗組員）とがおこなった戦闘であったと思われる。しかし、この頑強な戦闘も、アメリカ軍のWPやバズーカ砲の反復攻撃によって、次第に沈黙させられたようであった。

かくて、十八日、十九日の戦闘で、兵力の大半二千五百名が戦死し、二十日、中央台地やマリンタ高地を喪失した。が、なお二千名ほどの兵力は、マリンタトンネルに潜んでいた。板垣大佐の戦死後は小山田少佐が指揮していた。二一九設の徴用工員は武器もないので、トンネルの中に待避して、食糧弾薬の運搬に従事していたのであろう。この時点では所属部隊の何々というのは、無意味になっていた。

陸軍資料では二十一日、海軍資料では二十三日午後三時、アメリカ軍資料では二十四日の夜明け方にマリンタトンネルの爆破が計画された。

それは、三二八設の掘削した海軍隧道とマリンタトンネルの南口を連結し、そこに大量の火薬を充填して山もろとも爆破し、一斉に反撃するというものであった。弾薬庫の爆薬が連絡路を通って、つぎつぎに海軍隧道に運び込まれ、在来の火薬の上にさらに上積みされた。導火線の敷設も終わって、連絡路も固く閉鎖された。トンネル中には、なお千七百名がいた。

爆破の担当は当然、設営隊のはずである。ところが巨大爆発の代わりに、六回の連続爆破となり、トンネル入口からは土砂が吹き出たばかりか、爆風が逆にマリンタトンネル内に吹き込み、西口からは自動車のエンジンが吹き飛ばされたという。地震のような山を揺るがす振動で、タコ壺にいたアメリカ兵も飛ばされた。

この爆発により約四百名が死亡した。三二八設二百名は、南口入口に待機していたというから、爆破作業を担当したものであろう。また、小谷少尉以下二一九設残置隊員もこのとき、大部分が戦死したのであろう。

合掌！

小山田少佐は、この戦況にかんがみ「生ある者は脱出差し支えなし」と下令し、ここにコ島脱出作戦が開始された。

トンネル内の残り千三百名は、北口通路に待機していた部隊と、当時、風が西口から東口に吹き抜けていたので、西口に詰めていた歩哨隊だけであった。その夜はアメリカ兵も驚き、攻撃してこなかった。

千三百名のうち、八百名が斬り込みを敢行したが失敗した。このとき小山田少佐が戦死した。二十五日、残り五百名のうち、残存兵員の大部分は東部へ向かった。三二八設百名も北口より脱出したが、キンドレー飛行場につながるテンバー砲台を通ってさらに、東側にある地下隧道に撤退のため、銃と飲料水を入れる水筒を持って、飛行場の井戸に向かったという。戦闘の間喉がからからに渇いた。井戸のところにアメリカ兵が待ちかまえていて日本兵を狙撃した。三二八設隊長木野技大尉は、震洋艇を使って反撃しようと考え、テンバー砲台下海岸道路を海軍隧道に向かったが、飛行場付近でアメリカ軍と遭遇し、全員戦死した。

二十七日、モンキー岬の弾薬庫を爆破したあと、准士官以上が自決し、百五十名の下士官兵が海岸におりて、三、四人単位の共同で筏をつくった。材料は海岸にいくらでも打ち上げられていて、それを鉄線でつなぎ合わせる。アメリカ軍は迫撃砲や銃撃を海上にまで加えた。海岸に掘られた機関銃座をもった洞窟が絶好の隠れ場となった。二一九設隊員のM氏は、このとき脱出できたという。

三月上旬、台地方面にいた三百名がバターンへ脱出しようと意図した。このうち、海上で約百名が捕虜となり、その他は戦死した。

対岸に泳ぎついた者の中には、バターン半島を北上し、クラークまで達した者もいる。この時点でアメリカ軍に投降することは、大変な勇気を要したものであろう。

アメリカ軍の掃討作戦は四月中旬まで続き、なおときどき日本兵が現われた。

アメリカ軍はコ島の戦闘は通常の戦闘ではなく、きわめて困難なものであったと報告している。米軍の確認できたわが軍の戦死は四千四百九十七名であった。またアメリカ軍は捕虜十九名を報告している。これにはT氏、M氏を含めてバターン半島に脱出できた者や、終戦時まで頑張っていた者および脱出時洋上で戦死した者、トンネル内で埋まったり焼け死んだ者の人数は含まれていない。痛ましい限りである。

アメリカ軍の戦死者二百二十八名、戦傷者七百二十五名、これが我が軍の戦果であった。

コレヒドール島には、まだ五十名が残ってひそんでいた。戦後の昭和二十一年一月、島西端にて生存していた十八名の日本軍が一種軍装で堂々と姿を現わし、アメリカ軍を驚かせたという。

第五章　カバロ島の戦闘

第一章で大島技中尉がカバロ島に行ったとの証言を得たことを述べた。カバロ島では、どのような戦闘があったのか。防衛庁の戦史では、陸軍も海軍もつぎの記述しかない。

「カバロ島には、陸海軍合計約四百名が砲台に配員されていたが、三月二十七日、米軍約六百名が上陸した。わが軍は四月三日、総員斬り込みを実施して主力を喪失した。米軍資料によると、米軍はトンネル内で抵抗を続ける日本兵に対し四月五日、重油二千五百ガロンをパイプでトンネル内に注入、引火させた。四月十三日、米軍パトロールが陣地内に侵入し、生存者を掃討した」

しかし、この記述はあまりにもわが軍の敢闘を過小評価している。私はここに、米軍資料を参照して、もっと詳細な戦闘を記述したい。(70)

カバロ島は総延長千四百メートルに足らない小島であって、コレヒドール島の二・五キロ南にある。三月二十七日、米三八師団一五一連隊第二大隊が米一一三設営隊B中隊をともなって、攻撃を開始している。

島には海岸砲台、臼砲のピット、トンネルがあり、すべてが鉄筋コンクリートで保護されていた。この記述から、相当な技術力をもつ設営隊が入っていたことが読み取れ、それが大島技中尉の率いるわが二一九設営隊第二中隊だったと思われる。ここでは、コレヒドールで起こったような不様《ぶざま》な爆発事故は起こっていない。

一週間前、島には米偵察小隊が派遣され、こてんぱんにやられて撤退している。高地には臼砲が、浜には機関銃、小火器が据えられていた。防衛火力の主体は、山頂から半分の高さにセットされていることが、報告されている。

二十七日朝、攻撃が始まって、一日半で地表はすべて米軍の支配下に収められた。ところが、日本軍は丘の根元からマリンタトンネルと同様なトンネルに出入りし、さらに二コのピットへ行けるようにしていた。島の主要丘陵の高さは百十メートルで、二号高地と名づけられていた。この丘は作戦時、まったくの裸の岩山で登るのに苦労している。

第二大隊では最初E、G中隊を投入し、F中隊はコレヒドールで予備隊として控えていた。E中隊の目的はできるだけ早く優勢を占め、日本軍のトーチカを破砕し、山頂を奪取することであった。このためE中隊は全力を傾倒したのであったが、日本軍の臼砲に捕らえられ、さんざんな目にあい、登りも下りもできなくなってしまった。日本軍は臼砲陣地から、効果的に銃火を浴びせかけ、地域一帯を制圧していた。また、その火力の大半を山頂線に向けていた。

E中隊は、終局的にはG中隊の烈しい援護射撃と煙幕と、攻撃目標を丘の南側面に移動させることによって撤退に成功した。大地は砲撃と繰り返した爆撃のために掘り返されていたから、撤退には超人的努力が必要であったが、夜にいたる前、十名が左コブの頂上に達することができた。彼らの戦術は、あらゆる困難を克服して高所を確保することにあったようである。確かに高所が確保できれば、馬乗り攻撃ができ、それはトンネルに潜むわが軍の対策を封ずるものであったろう。

前線の兵士によって岩が取り除かれたが、後続の兵士の上にずり落ちてきた。

米軍の次の目的は左コブから右コブに、渡ることであった。途中に峡谷があって、激しい機関銃の砲火が集中した。銃口はあらかじめ照準されていた。夜の間に米軍の兵士たちは日本軍のように、中間の低地に身を潜めた。米軍は山頂を取るのに、二十四時間を要した。前進はすごくゆっくりで、頭を少しでも上げると銃火が襲ってきた。ある米軍兵士は頭を打ち抜かれ、戦友がその死体を引き降ろした。その戦友はさらに機関銃にさらされ、即死した。月光がこの作業をいっそう困難にしたが、ロープをつかってやっと収納に成功したという。

この困難を打開すべく二十八日、バターン半島に設置された大砲が二個ある山頂を狙って、砲火を集中させ始めた。そしてG中隊の歩兵が、厄介なピットの手榴弾の範囲内を匍匐《ほふく》し、手榴燐弾を投げ込みはじめた。

「この作業は、日本軍の兵士の殺傷には役立たなかったが、われわれが山頂線を飛び越える際に目標をくらますのには有益だった」というのが、マーフィー中尉の述懐であった。

この頃、米E中隊は島の最高点の右コブに渡ることに、成功した。ここから、パトロールは西斜面を下ることができ、島全体が米軍の支配下に入ってしまった。このあと日本軍をトンネルやピットから掃討するのに、さらに十一日かかったという。

なぜだったのか。それは構築物のせいだったのである。

米軍は戦前にここに二コの臼砲ピットを建設していた。この島の要塞はヒューズ砦と呼ばれており、約四十フィート平方で約三十フィートの深さがあり、トップはオープンであった。側壁の厚さは八ないし十フィートであり、稠密に鉄筋が配置された鉄筋コンクリート造りであった。ピットは五十フィートの間隔であり、地下で連絡していた。壁やすみからトンネルやシャフトが迷路のように走り、しかも通気は良好であり、排水システムは北側面に開口していた。米軍が建設したものであるから、彼らは内部構造に明るかった。トンネルは大変大きかったから、日本軍は容易にコンクリート通路を移動でき、米軍は後に「二人で鬼ごっこしても、相手を探し出すのに、二日はかかるものだ」と述懐している。

しかも日本軍は砂袋を積み上げており、隙間が狭いので、機関銃やライフルしか弾丸を通り抜けさせられなかった。手榴弾では損傷させられず、暗闇に座った日本兵の頭を米兵がこつんと叩いたら、もうつぎには殺傷事件が起こるという始末だったのだ。

米軍はこの後、いろいろの手段で日本軍を攻撃した。この記述は戦後の今でも、強大な攻撃に対して有効と思われるので、ここに記述する。

1、まず米軍は歩兵が手榴弾の投擲範囲まで迫り、破砕手榴弾、燐手榴弾を投げ込み、さらに新型のバズーカ砲とHEやWPロケットを使っている。そのほか二十五ポンドの硝薬も投下した。この攻撃にたいし、わが軍はトンネルの安全な場所に待避し、投下が終わると、ふたたび戻ってきている。このことはトンネルの構造がそのことを可能にしたのであろう。

2、つぎに米軍は日中は我が軍に狙われるので、夜を徹して臼砲を運搬し、夜明け方にコンクリートを貫通すべく特別に設計された砲弾を、発射したという。ところが、ピットの頂上は周辺の台地より低く設定されていたので、軌道が高すぎてコンクリートを破砕することはできなかった。

カバロ島の日本軍を攻撃する米軍兵士

3、つぎに米軍は煙でいぶりだす方法を試した。これに失敗しても出口が分かるはずだった。確かに新しく出口が見つかった、そして煙が東トンネルから吹き出てきた。その結果分かったことは、マリンタトンネルのような巨大な鉄筋のチューブだった。それだけ巨大なので、日本軍をいぶりだす試みはやはり失敗した。

4、煙を使っている間に、米軍は東トンネルの入り口がもっとも重要な個所であることを察知したらしい。そこでさっそく駆逐艦が呼ばれて、トンネルの入口に集中して穴をあけようとした。数時間の砲撃をしたにもかかわらず、穴は頂上の二、三フィートを残して閉じられてしまった。ピックやショベルを持って、戦闘工兵や戦闘歩兵が開口部の上の山に登って穴を開けたが、小規模で散発的だったので、日本兵を誘い出すまでにいたらなかった。

5、米軍はコレヒドールに不発弾があったので、五百ポンド爆弾二コと二百五十ポンド爆弾二コをカバロ島に運んできて、換気口から吊り下げ、時計仕掛けで爆発させた。爆発が起こったが、日本軍を追い出すことはできなかった。換気口は本体と通じていても、爆風はそれるような構造であったらしい。このことは今後の地下要塞の設計の参考になる。

6、下士官兵が「馬鹿でも何でも」よい考えはないかと知恵を絞った結果、心理作戦をやって見ようということになった。三十分間の戦闘停止をして、心理作戦の兵士たちがラウドスピーカーをセットし、日本語で降伏を呼びかけた。パンフレットがピットの上にばらまかれた。一人の日本の兵隊が飛び出してきて、パンフレットをつかんで急いで戻った。降伏するかしらんと希望を持って、もう十五分、戦闘停止を延長したが、その結果は失敗であった。これは始めから無駄なことは、わが軍の兵士にとっては当然であり、いかに彼等が手を焼いたかがうかがい知れる。

四月三日（米軍の報告では四日）に、わが軍ははじめて斬り込みを実施した。このときには、二、三人ずつで夜陰に紛れてトンネルを出て、米軍の臼砲の間を浸透し、次第に一地点に集中して午前五時五分に攻撃を発動するという計画的なものであった。この攻撃で、米軍はほとんど掃討されそうになったという。

コレヒドールに戻って休息していた部隊が応援に駆けつけたのが午前七時三十分で、斬り込み部隊はそれまでにトンネルに戻っていなければならなかった。多分、急峻な地形がそれを許さなかったのであろう。トンネルの外の百二十名のわが軍のうちから八十名の戦死者をだしてしまった。生存者は三十名で、大抵は戦傷していたという。

7、つぎに米軍が試みたのは、石油の使用であった。彼らは石油とガソリンのドラム缶をコレヒドールから運んできた。ケーブルとウインチで十五缶が引き揚げられた。このうち三缶がシャフトから流し込まれたが、シャフトは地面のわずか上の出っ張りでとまっており、また空になったドラム缶を引き揚げなければならなかった。日本軍は迫撃砲と曳光弾で缶を開けてしまい、通気口付近の米兵は炎に包まれて、計画はまたも失敗した。これより見ても、シャフトからの流下液体は壕の外側に排除できるような構造が望ましい。

8、つぎに戦車を使おうということで、三台が運搬された。これを丘陵の頂上に運ぼうというので、丘を円環状に道路をつくって運ぼうとした。ところが、一台の戦車は千ポンド爆弾の弾痕孔の中に転がり込んでしまった。二台目の戦車は、ほとんどピットの中を射撃できるところまで登ることに漕ぎつけた。しかし、位置を変えようとした途端に軌道が剝げてしまった。三台目は丘を登ることは意味ないとあきらめてしまった。ここではブルドーザーによる啓開作業もできなかった。

こうして米軍も苦しんではいろいろ試みた。そして最後に彼らが起こした大火災によって始めて戦闘が停止した。

わが軍では、銃撃を繰り返して油送管をふたつに切断しようとしたり、また夜間に送油管の周囲に地雷を敷設し、作業を再開した場合、米軍を襲撃しようとしたり、さらには送油管を丘から投げ落とすことにも努めている。丘陵の側面から排油口をつくって、石油を排除することも努力している。この作業は大島技中尉の二一九設営隊が行なったものであろう。米軍は曳光弾を使って、この要塞からの排油路を炎上させた。

こうした旬日にわたる連続攻撃によって、カバロ島は次第に戦力を失っていった。それでもなお島が陥落して二週間以上たってからでも、米軍の司令部士官がトンネルを覗いた途端に射殺されたそうである。

こうした恐るべき頑強な戦闘であったにもかかわらず、隧道内で、米軍が確認できた日本軍の死者数は二百八十名にとどまり、投降者はわずかに三名であったという。当初の守備兵力は陸海軍計四百名であったから、この数字は前記斬り込み隊百二十名を差し引いた数と一致する。

大島技中尉と、彼に率いられた二一九設が参加したと思われるカバロ島の戦闘は、まことに見事であったということができる。付表－7にコレヒドール島かカバロ島で戦死した隊員の名簿を示す。

第六章　〝マ海防〟

マニラにいた二一九設営隊はどうしたか。

第一部第四章で述べたように、昭和十九年十一月には第一中隊百八十名の工員が隊長師田技大尉及び主計長児島光雄主中尉と隊長直属の下士官兵六十二名と一緒にいた（付表－1、付表－2）。工員は溶接、板金、鍛冶、自動車運転、機械修理、仕上げなどの技能工が主体で、これに土木、建築の工員が若干加わっていた。中隊長は日比野兵曹長だったようである。

さて、〝マ海防〟についてであるが、第一章で述べたように、三一特根を母体として十二月二十日に組織された当初の陸戦隊編成は、始め二個大隊で、これに陸警科と防空隊が付属しており、二十コ大隊から成る陸軍マニラ防衛隊（陸軍小林少将指揮、略称マ防）の一翼を担う程度のはずであった。陸軍では一月一日、第八師団長横山静雄中将が振武集団長と発令され、マニラ周辺の防衛を担うこととなり、一月五日、山下奉文大将がマニラを去った。海軍でも、ＧＫＦ大河内中将もバギオに去った。

さらに一月六日、零時以降、キャビテ所在部隊を含むマ海防が振武集団長指揮下に入るやいなや、陸軍はマ防司令部をワワ山中に移転して消滅させ、マニラ防衛には陸軍三コ大隊をつけてマ海防におしつけてしまった。振武集団はその部下に、はじめは小林、河島の二コ兵団と勤兵団の三ないし四コ大隊からなる連隊規模の二コ支隊等を擁していたが、マニラ東方山岳地帯に布陣している。（のち二月十二日、ようやくピコール半島から野口兵団が駆けつけた）[71]兵団の規模は師団または旅団程度で、場合によってこれに連隊が付加されたり、減少されたりしている。

マ海防の一月二十一日頃の戦闘編成は司令部百一名、司令部地区隊千九百四十九名、中地区隊二千七百十五名、北部隊四千四百九十八名、南部隊五千二十一名およびキャビテ軍港四百九十六名となっており、陸軍は四千三百五十五名で総員一万四千二百四十名だった。軍属は非戦闘部隊で五千七百六十四名いた。

マ海防の編成は複雑でここでは省略するが、司令部地区に所属する司令部大隊（伊知地季久大尉）千四十七名、中地区隊に属する第一大隊（清水大尉）、第二大隊（荒牧大尉）計千九百八十二名でマニラ市内を担当した。南部隊に所属するのは、ニコルス地区を担当した第三大隊（峰尾少佐）二千三百二十八名とコ島より転勤した小川左右民少佐が指揮して、マッキンレーに位置する第四大隊千四百三名を主力とした。また北部隊には一月十六日、西山大隊が編成され、サンファンデルモンテに配備されている。つまり、マ海防の陸戦主力は六コ大隊である。[72]

西山勘五海軍大尉は陸戦専門家で、館山砲術学校から、現地指導のために派遣されてきていたものである。清水・荒牧・西山三大尉は、いずれも内地へ帰る飛行機便がなくなって急遽、マ海防に編入されたもので、私と同様な立場であった。[73]

第七章　連合施設隊

さて、第三章で述べたように、マ海防は臨戦体制として昭和十九年十二月二十一日の編成命令で、第三一特根と同列の海軍病院、軍需部、施設部あわせて八千人の非戦闘員を、付属隊としてマ海防に組み入れた。

萱場手記によると、一〇三工作部は工作隊となり、迫撃砲（日産十基）、手榴弾（日産二千発）、円錐弾（日産六百五十発）などの製作に従事した。一〇三軍需部は補給隊となり、糧食、燃料、爆弾の供給につとめている。一〇三海軍病院と各隊医務科は医務隊をつくり、治療品をほぼ一ヵ年分を準備し、人員を各隊に派遣した。(74)

この中にあって、一〇三施設部は連合施設隊となり、志満津技中佐が率いた。彼は北大昭和六年卒業後、東京市水道局より昭和十二年に海軍入りして武官転官した人で、やはり昭和十九年秋にマニラの一〇三施設部に作業科長として赴任してきており、松本一〇三施設部長に願い出て残留した。(75)

連合施設隊の総員は九百七十八名で、米軍のマニラ突入時まで緊急臨戦工事に従事している。二章に述べたように、連合施設隊第三中隊が二一九設で三百五十八名であるが、二一九設以外の本来の一〇三施設部所属軍属は、上記九百七十八名から二一九設三百五十八名を差し引くと六百二十名となる。また二一九設はコ島には第二、第三中隊二百四十名が派遣されただけで、百十八名は昭和十九年末、マニラに留まっていた。

二一九設以外の本来の人数は上に述べたように、六百二十名であるが、これを志満津中佐は二コ中隊に分けた。連合施設隊第一中隊は、主としてシンガロンに位置し、マ海防第一大隊、第二大隊の市内地区を担当させた。この中隊は司令部内耐弾施設および井戸掘削四、八サンチ以上の砲の掩体四、二十五ミリ以下機銃トーチカ二十五、対戦車壕一、地雷陣地三十ヵ所を施工した。

また連合施設隊第二中隊は、ニコルスに進出させ、マ海防第三大隊、第四大隊地区を担当させた。施工は砲掩体六、戦闘指揮所二、二十五ミリ以下機銃トーチカ二十五ヵ所であった。マ海防ではこのほかに、連合工作隊が工作部（工作隊）および施設部、運輸部、軍需部、航空廠の一部により編成された。そのうち施設部中隊は、浜大尉に率いられた。

浜正治大尉は北大機械出身の海軍予備学生だった先輩で、機械化土工の申し子のような熱血漢であった。内地では常に作業服と地下足袋、巻き脚絆姿で現場を走り回っていた。私たちの沼津での訓練時代には二〇四設に所属し、藤沢で飛行場の機械化施工を指揮していたのを、われわれ訓練生が見学した。施設本部長の金沢中将は講話のたびに、「浜中尉（当時）

を見習え」と言っていたくらいの模範的青年士官で、戦局ただならぬ時期に本人が熱望してフィリピンに派遣されてきたものである(76)。

一〇三施に一足さきに来ていて、一月初旬、松本部長と前後してバギオ方面へ移動し、奮闘して生還した西田三千男技術中尉の手記によると、浜大尉は十二月十二日にマニラに赴任している(77)。この浜大尉が率いていたのが二一九設マニラ残留員百十七名（一月六日、金田大鳳戦死にて一名減）であったと思われる。

なぜなら、赴任直後の浜大尉には直属の部下がいなかったこと、一〇三施にとっては二一九設と同様のお客様だったので、志満津中佐が両者をくっつけたと考えるのは、自然であろう。

戦後、私が連合施設隊に属した遠藤主大尉から聞いた話では、二一九設は浜部隊として行動したという。

マニラ残留の二一九設第一中隊員には、水道工一、電工三、鍛冶工二、鉄工三、潜水工三、溶接工一、仕上工二、板金工二、旋盤工三が含まれていた。

サンファンデルモンテのトーチカ跡

連合工作隊は、全力をあげて陸戦兵器の現地生産に従事した。その成果は二月八日現在で、手榴弾七万三千コ、棒付き円錐弾一万三百コ、二十五ミリ機銃架台百コ、十三ミリ機銃架台百コ、迫撃砲六十、刀千本、槍五千本、大発用落射器十二基、バンカー用落射器五基であったという。

設営隊は、この時期には飛行場建設というようなものでなくて、陸戦準備のための諸施設、近接兵器生産を使命としていた。これは私もクラーク戦線で経験したものである。

このあといよいよ陸戦が始まってからは、食糧弾薬の後送という輸送隊になる。だから非戦闘部隊といっても、実際に兵器を使用して敵を殺傷しないだけのことで、友軍の戦闘能力を維持するためには重大な役割を果たすものであって、医務隊が負傷者の救護にあたることと同様の戦闘行為なのである。

萱場手記では、この頃、キャビテ、コレヒドールより百五十名帰来とある（私の調査では百四十七名）。これを連合施設隊第三中隊だったとすれば、二一九設がコ島より帰来したという遠藤主中尉の証言が裏付けられる。また西山大隊が編成された一月十六日以降に、これを支持する施設隊として混成一コ中隊を編成した。この中隊が上に述べた一月二十日ころ、コ島より帰還した百四十七名であろう。だから設営隊員は、やっとコ島より脱出して息つく閑もなかったと思われる。彼らはサンファンデルモンテに進出、東拠点内緊急築城に従事した。

この部隊が建設したトーチカの写真がある。[78]（一九七頁参照）

さすがに本格的な施設であって、このあとの激戦に耐えぬいている。

師田技大尉はこのときも、下士官兵六十四名とともに、連合施設隊本部に残ったようで、どこにも彼の活躍記録はない。

第八章　マニラの市街戦

マニラ市はたびたびの空襲にもかかわらず、燈火管制をおこなっていなかった。煌々たる街のあかりは、すでに敵襲前からただならぬ雰囲気であった。

図－15に示すように、わが軍はマニラにいたる街道に沿って、数ヵ所で中隊規模の抵抗線を設置していたが、敵は二コ軍団（四コ師団＋一コ連隊）、二コ連隊という強力な攻撃部隊で指向してきて、わが軍を手もなく潰しながら南下している。

このほかに四コ師団からなる軍団がいて、バギオ方面から、マニラへ反攻するかも知れない日本軍の動きを抑えようと図った。カバナツアンに米軍は二月一日に到達している。同日、五号道路沿いガバンで一コ中隊を襲撃、一コ分隊が全滅、三号道路では一月二十四日、南サンフェルナンド、三十一日、カルンピットで中隊規模の防御を攻撃、二月二日、マロロス、ボカウエと逐次、かつ急速に南下して来た。

峰尾第三大隊長の回想によると、陸軍の野口部隊は、やっと二月三日にマ海防の指揮下に

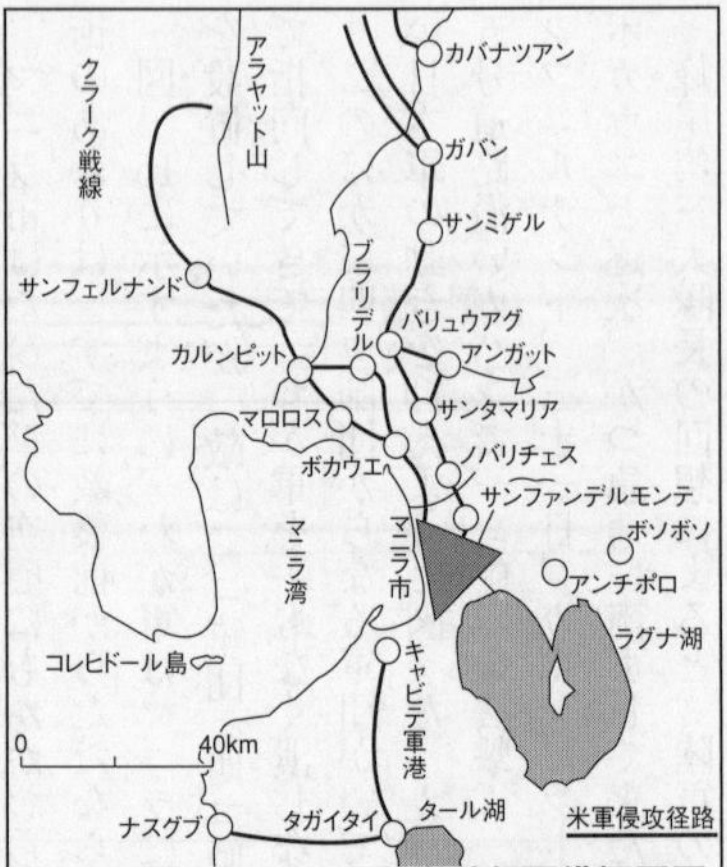

図-15　マニラ防衛外郭配備概要図

入り、その顔合わせの会食準備中、夜七時に米軍がマニラに突入したという。米軍はサントトーマス大学に直行して捕虜の救出にあたっている。そのときには戦闘は休止し、捕虜千三百三十名を誘導して米軍に渡す日本軍六十五名を米軍が援護するという珍風景が起こったという。

さらに、米軍はマニラへは南方からも攻撃体制をとった。その兵力は一一コ滑空師団で、タガイタイというマ海防の南防衛線より四十キロ離れた地点に降下した。

こうしてマニラ防衛戦は、南北からの挟撃にさらされたのである。

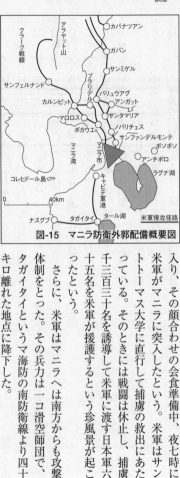

したがって、非戦闘部隊八千名の付属隊のマニラ脱出が焦眉の急となった。一月二十三日、萱場参謀は非戦闘員の後方在モンタルバン部隊の統一指揮官として、九〇一空司令中込由正中佐を指定した。

そして、サンファンデルモンテで工事を行なっていた西山大隊派遣隊は、二月七日に尚武のこもったモンタルバン（図－17）に後退した。連合工作隊に派遣されていた浜部隊も、二月四日、戦闘が逼迫してきたので、引き揚げに決し、二月五日十八時零分、同じくモンタルバンに転進した。

連合施設隊第一、第二の各中隊は、二月七日、いったんマッキンレーの桜地区に集結し、二月九日、百五十名を残してアンチポロ方面（図－15）に転進した。また二月十二日には、その百五十名もアンチポロに移っている。

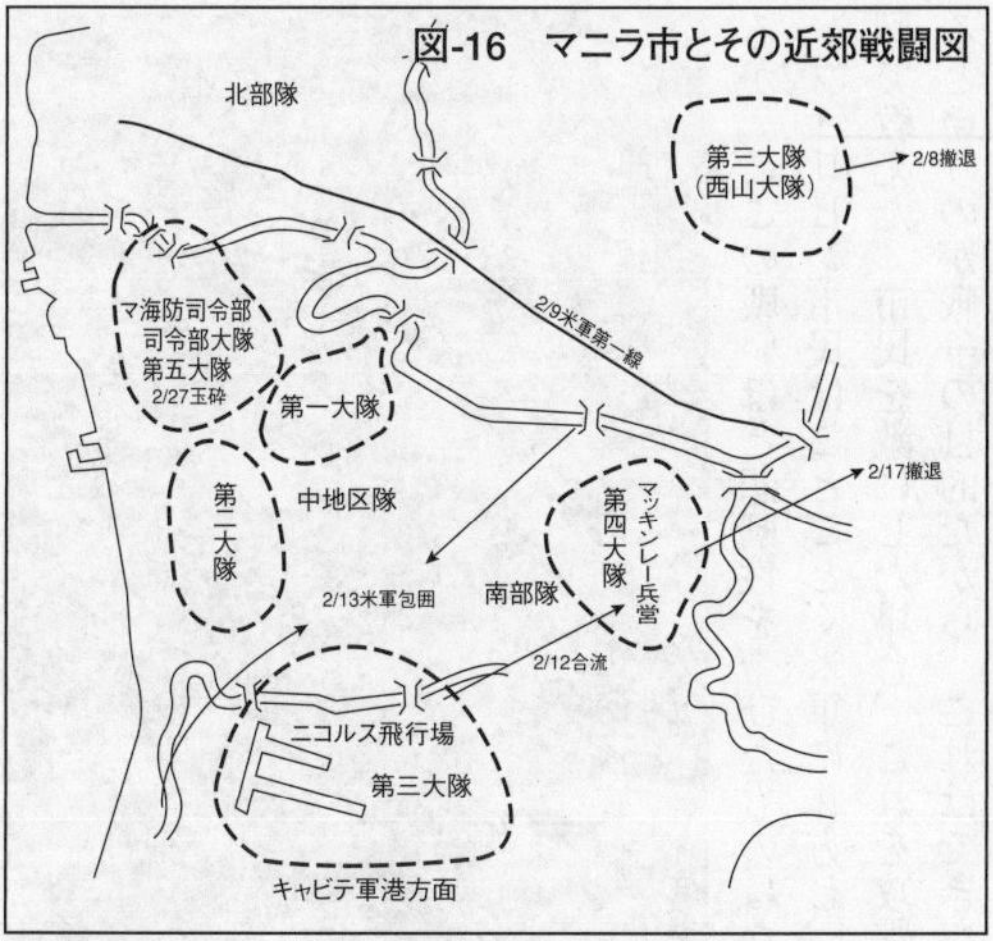

図-16　マニラ市とその近郊戦闘図

結局、二月九日現在のマニラ周辺の二一九設営隊隊員構成は、つぎのようになる。
1、アンチポロ方面　本部員　士官（師田大尉）、下士官兵六十二、計六十三名。
2、モンタルバン方面　連合工作隊浜部隊士官一（浜大尉）、技師一（梁技師）、職員工員百十五（二月六日、板東宗次戦死）、計百十七名および連合施設隊第三中隊コ島より帰還、職員工員百四十七名。
アンチポロにあった本部員六十三名もモンタルバンに合流して、これより以後、二一九設は総計三百三十七名で、中込部隊浜大隊として行動することとなる（ここで他隊合流者十名を加えた）。

日米の戦闘で廃墟と化したマニラ市街南部
（防衛研究所図書館長より転載許可）(80)

二月三日、米軍のマニラ侵入によって始まったマニラ市街戦はマ海防司令部、北、中の各地区隊の玉砕によって二月二十七日、終結した。設営隊が奮闘して設備した陸戦施設、近接兵器は防衛線において、大いに頼りにされたが、米軍の猛烈な砲爆撃の前には耐えきれなかった。

マニラの市街戦については、児島襄氏が詳細に報告されている(79)。ルソン戦では、多くの戦争の局面が描かれているが、ここの戦いほど悲劇性を帯びたものはない。

フィリピン市民はことごとく米軍に味方し、こちらの配置を通報し、夜間の斬り込みを合図で教えた。市民を敵にした場合、これを攻撃することは名分を失うことになる。祖国を護るというのが戦争の目的だから、これはできないことなのだ。

そこで、陸戦隊は建物にこもって、いわゆる万歳攻撃をおこなわなかった。彼らは文字通り自分の持ち場を死守した。途中、岩渕司令官は二月九日、マッキンレーまで後退したが、横山振武集団長は、二月十六日に東方山地の布陣より出撃して、米軍を挟撃するからそれまで頑張って欲しいと言い、岩渕司令官は市内に戻っている。

しかも振武は、その日になっても猛烈な米軍の邀撃《ようげき》に逢い、反撃失敗となった。当時、マ元師はマニラ埠頭の早期完全利用を、日本進攻の必須条件と考えており、十七日から徹底的無差別砲撃を実施した。このためマニラ市街は瓦礫の街と化し、フィリピン人も十万人が死んだ。城内の二つの教会は、鐘を鳴らし続け、そこには三千のフィリピン人が震えていたという。

十七日夜、マ海防南部隊は撤退した。そのあとマニラ市内に残った司令官以下は、十日間頑張って抗戦し、戦闘のうちに全員玉砕した。

マニラ市街戦におけるわが軍戦死者二万人、米軍戦死者四千人とされており、いかに劣弱な装備にもかかわらず、壮絶な戦闘をしたかがうかがえる。

二〇四頁に、海軍文献より転載したマニラ市街の廃墟の写真を示す。(80)

終戦後米軍は、この惨状を惹起したのは、日本軍がマニラを戦場にしたからだと言い、陸軍もまた東方山地に退いたと主張しているが、事の責任が敗者にかぶせられることの当否はともかく、厳しい軍紀のもと死力を尽くした海軍陸戦隊の敢闘は、永く後世に伝えられるべきものである。南地区隊の第三、第四大隊の残存生存者は、二月二十一日、マニラ東方海軍防衛部隊に編成されて、東海岸インファンタに転進した。古瀬貴季大佐以下二千七百名であった。

アンチポロに待避した非戦闘員はほかの部局の非戦闘員らとともに、ボソボソ地区に集結した。その総数五千名で、指揮官はマニラ一〇三運輸部長三宅正彦大佐であった。二一九設以外の従前からの一〇三施設部所属工員数は六百二十ないし六百五十名で、連合施設隊第一、第二の各中隊に分かれていたが、三宅部隊のもとでは志満津大隊として、三月初旬にはアンチポロからボソボソまでに退避を完了したものと推定される。

第九章　インファンタ逃避行

モンタルバンの第二二九設営隊は、マニラの戦闘においては事前に待避したので、犠牲者は二月六日の板東宗次君のみであった。彼は十一月四日の魚雷攻撃の際に負傷していたのが、この日、戦傷死したものであった。こうして、士官、下士官、兵以外の職員、工員の生存者は、途中で他隊から配属された十名を加えて二百六十三名であった。

図-17に中部ルソンの概要を示した。二一九設の行動径路は峻険な山岳地帯で、峡谷、尾根、絶壁などの連続であったようだ。この一帯には振武集団の兵力が展開しており、集団のマニラ反撃が失敗するや、敵は集団に追尾して戦闘を開始していたから、当然、昼間は空襲の脅威にさらされたに違いない。

この陸軍の振武集団は北から河島、小林、野口の三コ兵団と木暮支隊から成っていた。総兵力十万余の大部隊であった。図中▲で示した場所に、標高三百メートル程度の小さな山があり、洞窟や山岳陣地を形成させている。その結果、二月から六月にわたって、多くの損害を出しながらも、よく猛攻撃に耐え、多大の損害を敵に与えていた。

海軍はどうしたか。

さきに述べたように、旧マ海防南部隊大部、キャビテ部隊一部を東部部隊とし、古瀬大佐が直率し、三月十五日、インファンタに集結した。この部隊は銃隊六コ大隊二千百名、海洋隊百名、通信隊五十名、生産隊三百名、その他百五十名、計二千七百名で、各大隊に重機十一、軽機八、小銃三百三十をもち、アゴス河口三マイルの地点付近に陣地を構築し、米七十トンを運搬している。

このほか食糧の収集につとめ、付近部落の放棄された稲田の刈り取りをおこない、また芋を採取した。二一九設の属する中込部隊二三〇〇名は、モンタルバンから、振武司令部のあるワワ地区に移り、さらにマリキナ河谷に沿って上流へと遡り、三月下旬サントアイネツにいたった。そして、古瀬部隊の三月十五日のインファンタ進出に追随して、四月上旬にインファンタに到着している。

この行軍の途中、二月二十七日、土井与太郎君、三月二日、松浦竜三君、三月十八日、宮田四郎君、四月十六日、安原甚吉君がマラリアのために病死したとなっている。ただし、この者たちは他隊から紛れこんだ者らしい。しかし、二一九設からも戦没者がでた。すなわちインファンタに近づいていた西十キロの地点で、上水伊藤博亮君がマラリアのために戦没した。

せっかくインファンタに到着したが、古瀬大佐は自分の陣地内での駐屯を拒んだ。食糧や警備の手薄を心配したためらしい。それにしても、武力を持った集団が、軍需、兵站、治療、設営などで世話になった非戦闘部隊を受け入れないということは何事だろうか。

仕方なく、中込部隊はマニラ東方海軍防衛部隊北部隊と呼称し、インファンタ北十キロの地点で自活体制に入った。この頃は運搬してきた食糧も十分であった。別に、

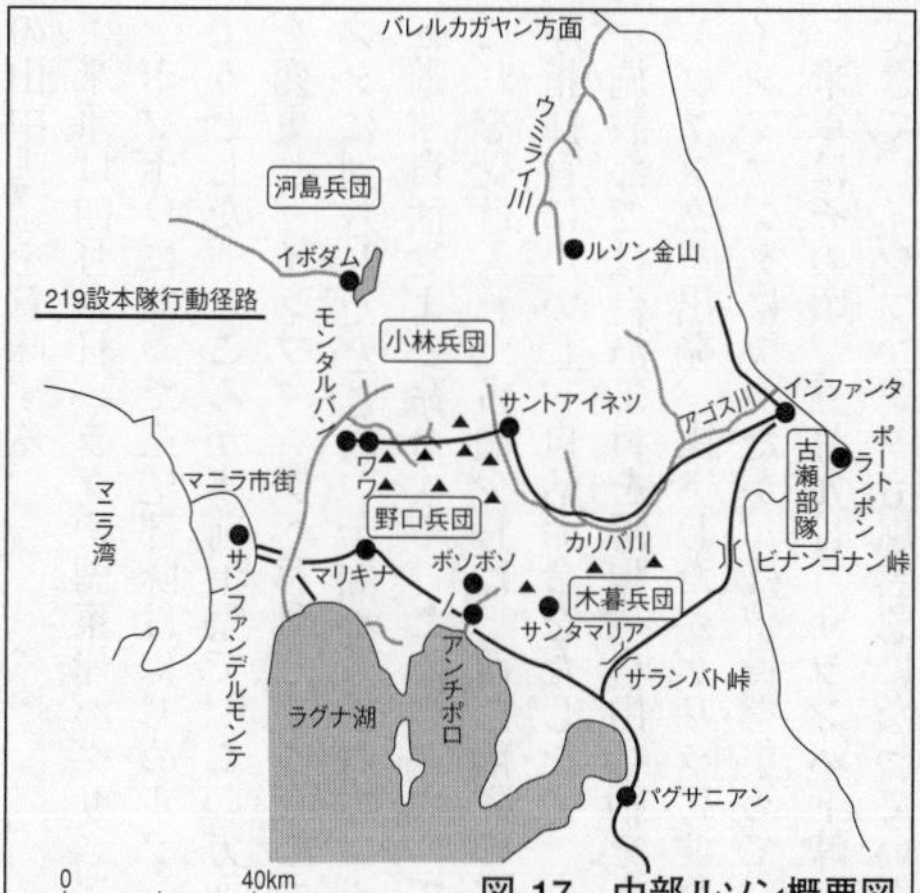

図-17　中部ルソン概要図

「旧西山部隊、九〇一空一部および軍属七千名でもって同防衛部隊西部部隊とし、指揮官を三宅大佐に指定し、奥ボソボソに集結、自活体制をとらせつつある」

というのが三月十六日の古瀬大佐の報告であった。この中には、志満津中佐の指揮する一〇三施設部部員が含まれていた。

米軍では第一四軍団に属する第一一空挺師団、騎兵第一師団が三月下旬にタール湖南北地区から東方に向かいだし、ラグナ湖北の平野は野口兵団の山地への後退によって、敵の手におち、ボソボソに集積されていた大量の軍需品も喪失した。同時に平地における食糧獲得の途も失われた。このことは、三宅部隊

の山中逃避を意味する。

米軍は四月六日、ラグナ湖東岸パグサニアンで、南から来た第四三師団と握手した。

ボソボソにあった三宅部隊ははじめルソン金山、ウミライ川とインファンタの間で自活しようとした。ところが事前偵察で、この方面は大部隊の自活不適と報告がされたので、予定を変更し、インファンタへ移動しようとした。非常な苦心の末に五月上旬、やっとインファンタに到着したところ、古瀬少将（昭和二十年五月一日昇進）は、バレル、カガヤン渓谷に転進、自活せよと命令する。ここにいたって、三宅大佐は西部部隊指揮官罷免を申し出た。これを受け入れた古瀬少将は、西部部隊の編成を解き、みずから直率したが、五月八日、各庁指揮官にたいし、自活命令をだした。

施設部では台湾工員を解隊、自由行動をとらせたのち、日本人約百五十名は五月九日、インファンタを出発、南下したがゲリラに襲撃されて四散した。五月十二日、志満津中佐のみインファンタに戻ったが、残留員を集めて、ラグナ湖北辺に向かった。

米軍はその頃、五月九日、サランバト峠、五月十三日、ラモン湾ビナンゴナン峠と進出してきて、インファンタも風雲急になっていた。

五月十五日、十六日、インファンタ南ポートランポンおよびインファンタに米軍五千名が上陸し、さらに陸路海岸沿いに北行してきた部隊も、五月二十五日にインファンタを攻撃した。古瀬部隊はインファンタ平地を放棄、アゴス中流山岳陣地に撤退した。敵もアゴス川を上流へ向かった。他方、騎兵第八はサンタマリアから北上し、カリバ川に五月三十一日に達している。カリバ川とアゴス川分水嶺付近には統制を失った兵員が食糧を求めてうろついており、惨憺たる敗残の状況を現出してきた。

志満津中佐はその後に行方不明、この部隊の終戦時生存者は約二十名であった。運輸部、航空廠、主計隊、医務隊などいずれも戦病死、餓死、ゲリラの襲撃によりほとんどが壊滅、終戦時には各隊それぞれ十名ほどの生存者のみであった。

東方山地にこもって抗戦を続けていた陸軍振武集団は、七月頃には食糧がなくなり、また弾薬も撃ち尽くして戦力は微弱になってしまい、クラークと同様八月には餓死者、病死者をつぎつぎに出し、軍隊組織が崩壊して終戦を迎えた。

振武集団長の概算では、確認の戦死六万名、マラリア栄養失調一万五千名、不明の餓死一万三千名、陣内残置二千五百名、投降千六百名、終戦時の生存者一万二千五百名　合計十万五千名である（すべて陸軍）。

インファンタでは、六月二十七日、米軍が撤退した。古瀬部隊はその遺棄食糧、弾薬を獲得し、辛うじて危機を脱したかに見えたが、七月中旬、ふたたび米比軍の攻撃を受けた。七月十一日、東部部隊生存者は准士官以上百五十五名、下士官兵二千四百七十一名であった。終戦時には千三百六十五名となっている。

中込中佐の北部隊でも、数次にわたるゲリラ部隊の攻撃を受けた。

二一九設では五月中旬、マラリアで上水落合輝一君が戦没した。さらに、六月三日、土工中村音五郎君、六月十日、鍛冶工高木吉変君、六月十四日、木工滝本清一君が戦病死した。

その場所はインファンタより東北十キロの地点で、病衰のためという。一応の自活地であったのであろう。この頃、文官工員は総計二百六十三名になっていた。

そこに六月二十日にゲリラの襲撃を受けた。このとき、付表－8のように十四名の隊員が戦死した。引き続いて七月一日には付表－9の十二名が戦死した。さらに七月八日には、付表－10のように、八十四名が戦没した。ついで一日おいて七月十日には付表－11に示すように、九十二名の戦死者を出した。

七月十一日、土工本宮安夫君が戦死した。

この時点では隊長師田技大尉、日比野少尉、木下少尉、室屋兵曹長、西田理事生、横山理事生、井川、田村理事生、分園、菊池技工士、自動車運転手の山口、石原、小林、烹炊員の前、塚本、野倉、土工の武田、只石の諸君が生存していたが、このうち武田竹治君が七月十八日に戦死した。井口君はこの頃、陸戦隊に連絡のため単身で行動していた。七月二十日の襲撃によって、付表－12のように四十六名が戦死した。その後七月二十四日、土工坂下宗一君が、七月三十日、鳶工川村文一君が、八月十日、技師梁厚雄君が、そして八月二十日には電工小塚信雄君が戦死した。（なお参照の便宜のために、付表－6から付表－12までに記載されなかった戦没者名を付表－13に纏めた）

終戦となったが、わずかに二名の生存であった。生存者は土工井口政一君と板金工勝見一美君のみであった。彼らは伝令として、十キロ南の陸戦隊に連絡するために一週間かかって山中を突破したが、負傷したところを収容されたという。

隊長以下、下士官兵についての消息は、井口政一君の便りで分かったのはつぎの三名のみである。

上水　伊藤博亮　昭和二十年四月中旬　マラリアにて病没
上水　落合輝一　昭和二十年五月中旬　同上
一主　野倉磯松　昭和二十年七月初旬　生存、その後不明

このように、今回の調査では下士官兵の消息が不明なので、機会をあらためて調査したいと思っている。

防衛庁戦記では、二一九設以外の北部隊でも、六月以来、北上壊乱、ほとんどが全滅した。終戦時には約八十名であったという。

第十章　その後のクラーク戦線

二一九設営隊を追って、コレヒドール、マニラからインファンタにいたる戦線を辿ったのだが、クラークでは振令作第一号発令のあと、村山隊以外ではどうだったのか。簡単に調べてみる。根拠とするところは防衛庁の陸海軍戦史叢書と、岡沢元予備士官の三一八設の戦記である。(81)

各部隊の動向は大きく三つに分けられる。ひとつはピナツボから西海岸を目指すもので、つぎはバギオに向かうもの、第三はほぼピナツボ山付近にとどまり自活につとめるものであった。

第一の西海岸にいたる先にはイバがあった。(図-1参照)そこにいたる径路には図-10に示すように、マロナット川とブカオ川があったが、マロナット川は途中でブカオ川に合流し、イバ南方八キロのボトランで海に出る。そしてイバ北方二十キロにマシンロックという港があった。

海軍部隊はほとんど皆、この付近で海岸に出て、適当な舟を得て海岸伝いにバシー海峡から台湾へ向かうことを考えた。私たちも一時はそう考えたし、第一部第六章で述べたように、宍戸技手以下内地工員二十名が実際にイバを目指して行動を起こしている。第一部第六章末尾に振令作第一号発令時の残存兵力を示したが、二六航戦司令部三百名、北菲空若干名、十三戦区隊五十名、十四戦区隊五十名、十五戦区隊百五十名以下も、いずれもイバを目指した。その径路はマロナット川を下ったもののようで、私たちは第七章で述べたように、四月下旬に河谷を爆撃する白煙を見た。おそらくこの攻撃で相当な損害を受けたのであろう。

六月五日、司令部は約四十名となったが、イバ東方山地まで到達した。その当時、杉本司令官以下は十四名となり、なおマシンロックを目指していたが、そこにようやく強力となった米比軍が八日、十一日包囲、攻撃をかけてきた。この攻撃で司令部員はおおむね戦死。軍医長と士官一名が十三日襲われて十四日に投降したとある。吉岡参謀もこの方面で生き残り、重要な手記を残している[82]。

十三戦区長中村大佐も六月十日、この地区で戦死。十五戦区長宮本中佐も六月二十日頃、戦死したという。両戦区部隊も潰滅した。十四戦区は四月上旬、すでにイバまで進出したが、同様な潰滅状態のなかで一部は反転し、十六戦区に吸収されたとある。

第二のバギオを目指したのは高山支隊と十七戦区隊で、その径路は図-10に示すザンバレス分水嶺を辿った。村山隊はガタス山のところで、イバ街道をオードネル方向に東進したが、この分岐点からなお山中の小径を北上している。これは村山隊の台湾人分離隊百五十名の径路と一致する。高山支隊は注（41）に載せてあるように、もともと撃兵団戦車第二師団機動歩兵第二連隊であって、撃兵団本隊は、バギオ戦線のサラクサク峠で激闘していた。[83]そこで急いで本隊に復帰しようとしたようで、クラークの山中で、私の問いにたいして昂然と、「バギオに向かいます」と返事した理由は、これであったらしい。

すでにクラークでの戦闘のさなかに三月六日から北東進し、オードネルに達していた。（図‐11）米軍は三月十三日、オードネルで衝突した。ここで高山支隊は損害を受けたので、方針を変更し、西海岸に向かって反転した。そして四月十日、西岸サンタクルスに到着。海岸沿いに北上を図ったが、ここでまた優勢な敵の攻撃に出会い、同二十四日反転。ふたたびザンバレス稜線に沿い北上してタルラック川河谷に来た。赤松手記では、右岸ボログボログに五月五日、約二百名がいたという。[84]

そのあとふたたび平野に出ようとしたが、戦車を中心とする米軍との遭遇戦となり、五月下旬、高山連隊長以下九十名になった。さらにザンバレス山塊を北上、私たちの目指したイバ、スラ（図‐12）奥の径路を通り、マヤントク（図‐13）北方カメリンに達したが、平地突破ができず、遂に四分五裂となったらしい。このあと阿部軍曹と内田上等兵が岩崎隊と遭遇した。一方、司令部は、さらにサンタクルスに反転したものの、八月下旬までにほとんどが戦没した。

十七戦区隊については、文献（84）（三四一空）、文献（3）（三一八設）に載せられている。隊員数は三月下旬、五百名であった。三四一空、三一八設の両隊いずれも、上記のガダス山東をなお北上した。その時期は高谷支隊が五月五日に三百名くらいで宿営した直後らしい。両部隊ともこの付近で食糧の徴発につとめたが、平地を横断してバギオ方面に移動するまでにいたらず、舟木十七戦区長は七月十日に戦死、両部隊は九月五日、終戦を知り下山、生存者はあわせて二十名であった。

第三の自活組は陸軍の高屋支隊、江口支隊と海軍の十六戦区隊（隊長佐田大佐）であった。高屋支隊は当初の天神山陣地に戻り、残存糧秣の利用をはかった。このため分散発令時の六百名中四百名が生存できた。また江口支隊はもともとクラーク基地隊であって、戦闘中各隊交互に側方支援を行ないながら後退させていて被害が少なかったこと、受け持ち陣地の前面が急峻なため、米軍は北方に迂回作戦をとっていたから、三月以降、敵の力攻を受けず、分散命令後、十六戦区の南西方の平地に近いところで自活できた。

十六戦区隊は三月下旬、千三百名であったが、ピナツボ山南方密林に兵力、糧秣、弾薬の秘匿に努めた。また米軍は、四月二十七日頃まで掃蕩戦を行なった後、五月上旬、山岳地帯を撤収したことを突き止め、残存七百名で逐次、密林地帯よりピナツボ西方に分散し、まずネグリートの畠を占拠し、五月中旬には本部の一部兵力を東方に反転し、深山（標高千メートル）にて開墾を始めた。ついで六、七月頃、付近に散在の海軍部隊（十四戦区隊一部、航空廠支隊）を極力統合、ゲリラの反撃を排除しながら畠の育成に努め、全般的にはほぼ十月になると、糧食の見込みがつくまでになっていた。

十六戦区隊と江口支隊とは緊密に協力し、厳正な軍紀の維持につとめて、士気旺盛であり、通信機を保持していたので終戦を知り、九月二日、南西方面艦隊長官の命により、九月十二日、ストッチェンバーグに出撃、任務の終結を告げた。時に江口支隊は四百名、十六戦区隊は四百五十五名が生還できた。

建武集団長は、九月四日付け尚武集団命令を受け、下山させたというが、上記と同じであろう。集団長報告では、戦闘開始時に陸海あわせて三万名（うち海軍一万五千四百名）であったものが、千二百五十名（高屋支隊四百名、江口支隊四百名、十六戦区隊四百五十名）に減じたと報告しているが、米軍戦史では、ほかに約五百名の捕虜を得ているという。

指揮官、参謀など枢要の位置にいた人たちの器量がいかに部隊の運命を左右したか、結果は歴然たるものである。

第十一章　比島派遣海軍設営隊の戦闘

さきに第一部第二章で、中部太平洋に派遣された設営隊の戦闘概要までを略述した。そこで、それ以降に編成された設営隊のうち、ルソン島を含めてフィリピンに進出した設営隊の戦闘概要を総括しよう（図-18参照）。

表-5がその結果である。表中（　）で囲んだのは報告者の名前であり、また引用文献は註の番号で示した。コレヒドールやクラーク以外で、本書で取り上げなかった部隊について述べると、三〇一設がミンダナオ島サランガニで飛行場建設中、米軍の上陸のためダバオに移駐、地下壕建設後、ジャングル中を転戦した。部隊の損傷は比較的軽微の模様である。三一一設はまさにレイテ島オルモックに進出したものであるが、玉砕したため詳細は不明である。

三〇一設営隊については第一部第五章と第六章で断片的に触れたが、最近、平松元中尉とのたびたびの書簡や面会によって、比較的詳細にその行動がわかった。隊は総員四百三十

表－5　比島派遣設営隊の編成と戦闘概要〈(　)は元士官報告者〉

設営隊	進出地	編成年月日	解隊年月日	戦闘概要（報告者）
219	コレヒドール	19.10.3	19.12.15	水没28、103施編入コレヒドール玉砕91、インファンタにて潰滅317、空襲等若干、生存4
301	サランガニ	19.5.15	22.5.3	ダバオへ転進
302	クラーク	19.6.15	19.12.15	308設編入発令、16戦区、生存16
308	クラーク	19.8.15	22.5.3	台風に遭難、高雄にて再編成、13戦区、潰滅
311	オルモック	19.9.2	22.5.3	レイテ島、玉砕にて資料不明
312	クラーク	19.7.3呉発	19.9.5	水没、高雄にて308設へ編入、解散
315	クラーク	19.7.15	19.12.15	揚陸中空襲、戦死傷218、318設へ編入発令、14戦区、潰滅
318	クラーク	19.8.15	22.5.3	17戦区、潰滅、生存14（岡沢裕予備大尉）註3)
328	コレヒドール、バギオ	19.8.15	22.5.3	水没、人員のみ上陸、半数コレヒドール進出、玉砕、半数バギオ進出、生還　約100
331	クラーク	19.6.15	22.5.3	クラーク航空隊引揚後コレヒドール移駐、2/3玉砕
332	クラーク	19.7.15	22.5.3	15戦区、潰滅
333	コレヒドール	19.8.15	19.12.15	雷撃、マ海防編入玉砕、生存30（富岡衛技中尉、面談）
3011	バギオ、バヨンボン	19.10.15	22.5.3	北部ルソン、アシン河谷、ウジャワンにて自活、生存196（平松秀雄技中尉、書簡）
103施	マニラ残存			インファンタ、ラグナ湖北にて潰滅、生存20（遠藤俊夫主大尉、面談）、本書第二部
	クラーク分遣隊			クラーク山中にて潰滅、生存8
	カワヤン			103施本部、生存30（松本伊之吉技少将）註12）p.158
	サンチャゴ方面			西田隊、生存100（西田三千男技大尉）註4)
	ブーラン		21.6.6復員	比3003部隊として、レガスピー南方ブーラン飛行場建設、米軍の包囲を突破、20年12月まで山中にて頑張る、生存3（岡本度義技大尉、書簡）
	ミンダナオ、ダバオ、ササ分遣隊			比3011部隊としてササ飛行場保守、米軍に追撃されるも奥地にて自活、20年10月まで頑張る。（大柳幸雄技中尉）註4)p.432

九名で、昭和十九年十一月二十三日、呉を出港した。途中、高雄沖とバシー海峡で米潜水艦に襲われ、マニラ湾では米機に投弾されたにも関わらず十二月九日、マニラに無事到着。十二日、第二中隊百四十八名は若干の付属隊とともに陸海に分かれて、北サンフェルナンドに向かってマニラを出発し二十五日到着。バギオへ輸送のための物資を同港岸壁に集積中、米軍がリンガエンに上陸した。その後、この部隊は南遣艦隊司令部に直属しバギオで隧道掘削後、司令部後退にともなって奥地に避退、地下壕や宿営地建設、アシン川の川辺に湧く塩泉水を煮詰める製塩作業、食糧運搬などに従事したが、猛爆撃や砲弾の直撃を浴びて漸次消耗、さらにアシン渓谷では食糧欠乏、マラリア、下痢等で苦しんだ。

図-18　ルソン島北部、南部戦線における戦跡説明図

しかし、終戦までの犠牲者は四十二名で百十三名が生還している。マニラに残っていた部隊は本部十七、主計二十三、医務五、運輸七十二、機銃三十一、計百四十八名の諸隊と第二中隊百四十名であった。私は第一部第五章で述べたように、諸隊と一緒にマニラを脱出したが、私たちと分かれたあとはこの両部隊はウジャワン地区に駐屯していた。やがて敵が近

づいたためにここを避退したが、避退先のプログ山周辺の密林において山蛭、熱帯性皮膚潰瘍、熱帯性下痢という筆舌に尽くせない劣弱陰湿な環境に追い込まれた。そのため食糧欠乏とあいまって、米軍に正対していないにもかかわらず「万骨枯る」と形容されたほどの戦没者を出した。(85) 付属隊からの生還者は六十四名であったが、第二中隊からは十九名しか生還していない。(86)

平時は鎮守府や要港に海軍施設部が設けられ、これは海軍大臣の指令下にあった。これを軍政系統という。ところが、戦時または事変の際の必要から作戦地に徳摂海軍施設部が設けられた。フィリピンではマニラに第一〇三施設部が設けられ、第三南遣艦隊に所属したが、軍政系統に属することには変わりなかった。他方、設営隊は海軍軍令部に所属する。現場の建設という作業の実体は何ら変わらないが、施設部は人員資材の補給面で設営隊を支えているが戦闘単位ではない。一〇三施設部も軍政系統に属するので非戦闘部局である。

施設部は平時は総務課、会計課と、土木、建築、設営隊補給を管掌する第一、第二、第三の各課および医務課から成り立っており、各地に出張所を設けて工事をおこなっていた。戦後の諸記録より断片的に集めると、ラスビニヤス飛行場、レガスピー飛行場、サンタメサ機械工場、ミンダナオ島ダバオなどであった。敵上陸が迫った昭和十九年末に輸送隊が設けられた。マニラからバギオに司令部はじめ邦人移送の策が立てられ、物資輸送のために、また内地に邦人を輸送するために北サンフェルナンドの港湾施設を強化しようとの企画がたてられ、先遣隊が派遣されている。この動きは三〇一設営隊の第一中隊派遣と同様な企画である。それと同時にマニラからサンフェルナンドへの陸上輸送の中継基地がタルラックに設けられ、ここに村山隊が派遣されたのであるが、この隊の戦闘経過は本書第一部第六章、第七章に述べた。

昭和20年1月9日、リンガエンに上陸した米軍

しかし、二十年一月初頭にはサンフェルナンド経由、バギオ方面への輸送計画は戦況に間に合わないこととなり、輸送はカバナツアンを経由してカガヤン渓谷に至る裏街道の五号道路に変更された。一月五日、輸送隊はマニラを出発、六日正午、カバナツアン到着というから、私より二日早くマニラを出発している。施設部長や幹部は八日マニラを出発、最後の転進部隊は徒歩で十二日に出たという。最後に落ち着いたのは二月はじめで、バヨンボン地区ソラノ奥バスカランというところで、施設部、軍需部、経理部などが集められ、筑波部隊（早川中将統率）といった。バレテ峠を中心とする尚武集団の抵抗線に守られての作戦であったが、戦況不利となって輸送隊に変わり、第六輸送大隊第四大隊となってカガヤン渓谷を後退してゆき、敵襲、分散、病死等によ

り漸次、消耗していった。

六月七日頃、バレテ峠が破られてから、施設部本部は西方に後退、カワヤン地区にあって終戦を迎えた。(87)また西田技中尉の指揮する輸送隊は、ミヌリから東海岸に抜けて百名が終戦を迎えている。(88)

施設部本部がマニラを撤退するにあたって、残留してマニラ防衛に加わることを強く希望した人たちがいた。志満津明生技大佐、松崎政三技少佐、浜正治少佐、弥吉清夫技大尉、後藤弘主中尉、遠藤俊夫主中尉の六名であった。残留部隊の行動は本書に触れている。生存二十名であった。

別にルソン島南端のマヨン山麓にレガスピー飛行場があり、さらに陸路百二十キロ南下すると最南端にブーラン飛行場があった。その維持管理の施設部出張所を現地で第三〇〇三部隊と言い、ブーラン隊は台湾工員三百名主体で部隊長が岡本度義技大尉、レガスピー分遣隊は朝鮮、台湾工員三百名程度で部隊長は桂卓夫技大尉であった。

昭和二十年四月はじめに米軍がレガスピーに上陸し、約二週間の戦闘のうちに桂技大尉は戦死、その隊は潰滅。中旬に米軍支隊がブーランに進攻し、岡本隊はブーラン所在の各隊と一緒に応戦。四月二十四日、米軍の包囲猛攻撃に際し、深夜、一斉に陣地脱出を敢行した。

その後ブルサン山山中で米比軍との小競り合いにつぎつぎと人員を消耗してゆき潰滅していったが、岡本技大尉らは山中での敵の探査から行動を秘匿するために極力最小限の人数に分かれて行動し、食糧取得の作戦の際には近くにいる者を糾合した。

最後に岡本技大尉は従兵二名と計三名となったが、彼らは捜索隊（吉田丈二陸軍少尉）に昭和二十年十二月中旬発見されるまで頑張った。その際にも説得に応じたものの、敗戦に疑いを持ちながら下山したという[89]。

つぎにミンダナオ島にはダバオ出張所があった。大柳幸雄技中尉によると、ここでは昭和十九年九月より空襲が始まり、中尉は十月、ササ分遣隊長（三〇一一部隊）となった。空襲が次第に激しくなってゆくと共に、奥地に避退、二十年三月末、ミンダナオ西部に敵上陸、敵砲爆撃の中、東海岸に向かって避退していったが、食糧の欠乏、病気の蔓延によってボロ布のようになり、二十年十月、終戦を迎えたという[90]。

ここに示すように多くの設営隊は、進出途中に米潜水艦の魚雷により撃沈され、隊員は友軍に救助されて着のみ着のままで上陸した。飛行場の工事は、滑走路の弾痕の埋め戻し、周辺の防空壕、機銃陣地等の整備などであり、ほかに航空燃料の輸送等をおこなった。敵が近接するや、トーチカ、塹壕、洞窟を施工しており、コレヒドールのように隠蔽式海岸砲台や、震洋隊隧道を建設した。会敵戦闘中は塹壕、弾薬食糧運搬等に努力を重ねた。

いかんせん、アメリカ軍上陸時の保有食糧は大体六ヵ月であったから、七月、八月には食糧が欠乏し、それにマラリア、ゲリラのためにこの時期、戦病死者が急増している。表中、玉砕は戦闘によるもの。潰滅は戦病死やゲリラによるものである。設営隊や施設部は戦闘力もわずかで、ゲリラに対処することも困難であった。

ただし、今回の調査でわかったことは、艦隊参謀など作戦の当事者は設営隊や施設部派遣隊の隧道工事能力や設営能力を大いに頼りにしていたことである。

なぜなら圧倒的な敵の空襲や爆撃にたいする唯一の対抗手段は、隧道により地下にもぐり、そこを要塞化して銃座や砲台を構えることであり、さらに長期抗戦をはかるには糧食を確保し隧道内に隠蔽することを必要とした。糧食の輸送力は体力保持、ひいては精神力を持久させるには絶対必要であった。またダイナマイトを多数擁すること、火薬の取り扱いに習熟していること、さらに未経験の他隊の一般兵士に設営技能を教育できることなども施設系部隊の特徴であった。最後に、軍人設営隊では、陸戦隊に匹敵する戦闘力を期待された部隊もあった。参謀本部では、館山砲術学校に陸戦要領を設営隊に教育すべく教範を用意していたようであるが、その成果については筆者は知らない。

施設系幹部はおおく大学高専系の技術者出身であるので、勇ましい猪突猛進は不得手であったが合理的な判断をおこない、よく部下を統率した。

このような戦闘の局面における能力はフィリピン戦における防衛戦闘の重要な手段であったはずである。この意義は、施設系技術官自身ですら明確に自己を認識していなかったものである。しかし、将来、戦力準備がもし必要とされる場合には、忘れてはならない面であることを指摘しておきたい。不十分な付け焼き刃ではあるが、クラークの複郭陣地、コレヒドールのトンネルやタコ壺陣地、優秀であったカバロ島の要塞などが本書でもとりあげられた。ただし、設営隊の活動が全般的には場当たり的の感が否めないのは、その戦術的価値が平素から着目されていなかったためであった。

あとがき

　はしがきで述べたように、私はルソン戦の生き残りとして戦後を今日まで過ごして来た。敗戦の当初はあまりにも悲惨な体験と我が国の敗戦、私たち自身のくらしに夢中で、とても本を書いて追体験する気にはなれなかった。しかし、コレヒドールにいた二一九設営隊やクラークで一緒に戦闘に参加した一〇三施設部分遣隊の帰ってこない戦友たちにすまないという気持ちを片時も忘れることは出来なかった。

　東北大の教え子のY君が「戦争というのは第一線でドンパチと射ち合いをして、射ち殺すか射ち殺されるかというのだと思っていたら、陣地つくりとか食糧運搬もあったのを知って驚きました」という。実際二一九設営隊の副長として出征した私でさえ、戦闘に参加しようとは夢にも思わなかった。敵は友軍によってこてんぱんにやられて、我が設営隊は鼻高々と内地に凱旋するというのが、呉出発の時に思い描いた夢だったのだ。

　ところが、実際にはマニラ入港直前に魚雷に襲撃されて輸送船香久丸は沈没したのが始まりで、着のみ着のままでマニラに上陸。設営隊は第二六航空戦隊に所属し、土木建築の二コ中隊はコレヒドールで砲台、マルヨン格納庫の工事に従事した。しかし、内地では雷撃沈没の報に接し解体命令を出し、隊長以下は第一〇三施設部に所属替えとなった。

私自身は呉鎮守府付きとなり隊を離れ、赴任途中、戦闘に巻き込まれ、辛うじて生還したのであるが、しかしコレヒドールに残した隊員たちについては、その運命が気にかかりながら敗戦のために情報がつかめなかった。二一九設営隊については、私は戦後残務整理で取りあえず報告をしておいたが、そのほかにはどこにもまとまった記録がなかった。しかし、今回の調査でようやく次のことがわかった。

それは、第一〇三施設部に所属替えのあと、隊はマニラ海軍防衛隊連合施設隊第三中隊として区処され、一部はコ島で工事を続行し、在マニラ部隊は連合工作隊に所属して、近接兵器の生産に従事した。コ島組のうち約九十名がコ島で玉砕した。戦闘直前、コ島を脱出した部隊は、サンファンデルモンテで西山部隊のトーチカ、壍壕建設をおこなったが、兵器生産部隊と一緒になって、マニラ戦勃発前に、マニラを脱出した。以後、この部隊は、マニラ東方海軍防衛部隊北部隊（中込部隊）に所属し、インファンタ北方で自活していたが、六月下旬から七月にかけて猛烈なゲリラの攻撃を受けて潰滅したものである。

以上のようなわけで、Y君が言うようにこの本は、華々しいところは何もない。中年の徴用工員の集団が、設営隊の名のもとに危険な戦地に赴き、死力を尽くして奮闘したにもかかわらず、あまりにも生還者が少ないために消息がほとんど分からなかった。華々しい戦闘部隊とはことなり、地味な戦務であった。その上その処遇について報われるところがない。戦後の多くの著書でもほとんど触れられていない。遺族の心情察してもあまりがある。

だからこの本が隊員たちの活動のあとを偲《しの》ぶよすがになれば、その霊魂にいくらかの癒《いや》しをしてあげられないだろうかという思いで一杯である。

付け加えるが、ルソン島中部戦線では、他の部隊でも第二部第九章、第十章、第十一章で述べたように壊滅的打撃を受けて殲滅され、報告者も著作もほとんどない。北部戦線では数多くの著作があるから、受けた打撃はこれほどではないと言えるかも知れないが、過酷な運命に遭遇したことは同様である。ルソン島においてもっとも精強な戦闘をおこない、終戦時なお部隊としての戦闘を辛うじておこなっていたのは、山下将軍直率の尚武集団のみで、そのほかは建武も振武も潰滅してしまっていた。

さてそれでは、二一九設営隊を始めルソン島各地における日本軍の戦闘は無意味だったのであろうか。

勝利に貢献しなかったということからは無意味であったといえる。しかし、カバロ島防備隊やマニラ海軍陸戦隊に代表的に示された日本軍の頑強な戦闘はどうであったろうか。それはアメリカ軍の日本進攻の日程表を遅らし、アメリカ軍に容易でない損害を与え、アメリカ軍の予期しない経済的損失や心理的畏怖の感を抱かしたことは確かであろう。アメリカ軍は日本軍の国家護持の精神を理解できなかったかも知れないが、戦後の占領時代に日本文化に触れたとき暗黙の敬意を抱いていたことは確かである。それが戦後の復興に懸命であった日本を理解し、後援した彼らの態度につながったと思う[91]。

ルソンに散った若者たちは、国家の危難を救うために、あるいは国家防護をするために戦地で戦った。そのことは「聞け、わだつみの声」などを読めば明白である。戦時中「鬼畜米英」などの標語をポスターで見かけたが、本気で信じている者はいなかった。彼らはアメリカ軍に憎悪の念を燃やすこともなかった。真珠湾の攻撃に成功しても、民間を空襲することは行なっていない。艦隊同士で戦い、日本が勝利した唯一の戦いである第一次ソロモン海戦でも、三川中将は相手艦隊の撃滅に満足して敵輸送船に対する攻撃をしていないのである[92]。

つまりは戦闘の美学があった。

シンガポール陥落のあと、山下司令官はイギリスのウエンライト将軍を殺したりはしなかった。このような武士道に従った作法では、近代戦は勝ち抜けなかったのだ。

軍隊のもつ崇高な国家護持の精神！　それが当時の日本人のすみずみにまで認識されていたのである。そうでなければ、若者が特攻隊に参加するものか。すくなくとも、われわれ一般の日本人は大義のために死のうと思っていた。故郷に残してきた親や兄弟や愛人のために死のうとしたのである。設営隊でも同じ思いであった。靖国神社に一度まいってみられるとよい。

「しかし、先生。どうしてあんな戦争を始めてしまったのですか」Y君が同窓会の席で私に話しかけたことがある。

「そういうことを言われても、何も国民的合意の上で開戦を決定したわけじゃなし、そうした民主主義的手続きがあるわけじゃないのだから、その質問に答えることは無理と言うものだよ。だけど、なぜあの戦争にいのちをかけて参加したのか。なぜ国家の一員として積極的に戦争したのかという問いになら答えることが出来る」

今だからあの戦争は無謀であったと誰でも言える。国力、生産力、技術力と、どれひとつとってもアメリカにかないっこない。軍制でも戦法でも、いやその根本の科学でも、すべて欧米から教わったものである。唯一の拠り所は精神力と万邦無比の国体と天佑神助にあった。そのうえに今まで戦えば必ず勝つという思い込みがあったのだ。

とんでもない非合理の驕慢な精神状態だったのだ。日露戦争での曲がりなりの勝利。あれは経済的に薄氷を踏んだもので、アメリカのルーズベルトの援助なくしては講和に持ち込めなかったことを忘れている。東郷元帥は「百発百中の砲一門は百発一中の砲百門に勝る」といい、平素の練磨を強調したが、兵器の進歩には思い至らなかった。

ゼロ戦の優位も一年だけで、早くも昭和十七年にはゼロ戦を凌駕するＦ４Ｆやロッキードｐ38に追っ駆け回される羽目になった。アメリカからはマリアナ沖の七面鳥打ちと言う屈辱的な航空戦比喩がなされていたにもかかわらず、軍部はひた隠しに隠していた。艦隊決戦も戦えば必ず負けで、ひたすら逃げて歩いていた。迷惑なのは庶民大衆であり、ニューギニアやフィリピンの山野に駆り出された百万の陸海軍であった。これらはすべて餓死するかその線上で彷徨した。それにもかかわらず兵たちは、国のために生命を惜しまなかった。その悲しいまでの忠誠心。

私たち平凡な国民のレベルでは、満州事変、支那事変とつづいていく過程で戦争という意識はなかった。戦争は国交断絶、宣戦布告という過程を経るもので、そうして始めて正式の手続きとなる。だから、この二事変とも支那の地方政権とのいさかいであって戦争ではないと思っていた。その紛争が終われば、いつでも平和に戻れるという思いから、早く事変が終結して欲しいと思っていた。

「天に代わりて不義を討つ　忠勇無双のわが兵は
歓呼の声に送られて　今ぞいでたつ父母の国
勝たずば生きて帰らじと　誓う心の勇ましさ」

他方では満州国ができたり、汪兆銘の親日政権ができたりしていたので、解決は時間の問題と思っていた。この解決を遅らせたのは、蔣介石と毛沢東であると考えていた。そして彼らを支援したのが、アメリカ、イギリス、オランダであるので、この三国が無理難題を吹きかけなければ、事変はおさまるものと考えていた。ところが、昭和十六年中、国民が不安に思っていたのは、アメリカの高圧的態度で、石油の禁輸がもっともこたえた。したがって真珠湾攻撃のときは不意打ちと言う感覚はなかった。あの際どい時期にアメリカは当然警戒しているものと思っていたのである。それがアメリカの空母艦隊がハワイにいなかったことは、それはアメリカの国民の日本に対する戦意をかきたてるための術策であったと今でも思っている。

アメリカはオレンジ作戦という名前でロンドン条約後、ただちに日本をターゲットにした戦術を準備していた。[93] アメリカはフィリピンを征服し、そこを足掛かりにして日本を攻撃するつもりであった。[94] こちらはあくまでも受け身であって、日付変更線付近で戦線を膠着させ、和平に持ち込もうという戦略であった。下手すると、石油もなくなるという焦燥感が日本全体に漲《みなぎ》っていたから、真珠湾作戦のニュースは国難に対処するものとして、日本人にとっては胸のすく思いで受け止められたものである。ただし、上に述べたように、アメリカに対し勝利するという目算があるわけではなかった。

当時の日本人が、なぜあのように自己を戦場にさらすことを惜しまなかったか。それは国難に対処するという気持ちからであった。それともうひとつ。アジア諸国が西欧に壟断《ろうだん》され、インド、ベトナム、インドネシア、フィリピンなど、どこもかしこも西欧諸国の植民地になっていたことも、この状態をはねかえすには、戦争しかないという考えが心の奥底にあった。日露戦争でロシアの南下を阻止できたことが大きな支えになっていた。

しかし、実際のルソン戦に限って言えば、本書で述べたできごとの根底にある戦略面に着目せねばならない。

クラウゼヴィッツの戦争論によると、戦争とは敵の軍隊を殲滅することを第一目的とするという。防御側からは、軍隊という存在は殲滅されまいという努力が本質である。ここでは民衆や国民を護るということは、この場合第一義ではない。ただ機能的に敵の軍隊を殲滅できれば、戦争に勝利し、結果的に国を護ったことになるという。

この意味でマッカーサーはフィリピンの日本軍をほぼ理想的に殲滅した。我が軍は斬り込み、特攻隊、震洋艇のような特攻兵器で戦った。しかし、マックの意図した結果となってしまった。山下司令官は、自決や玉砕をいましめ、できるだけ長期に敵と戦闘を交えることを命令していた。このため日本降伏の時点でも、フィリピンでは、われわれを含めてなお僅かな小部隊が抗戦を継続していたが、それはむしろ生存をはかるという程度のものに過ぎなかった。そしてそのためにフィリピン人の食糧を奪い、はなはだしい者は没義道、餓鬼道に陥っていった。

生存という点では、二一九設のような非戦闘の工員部隊でも、昭和二十年六月の沖縄戦の帰趨がついていた時点で、なお多数の隊員がいた。それがなぜ壊滅していったのか。それはマッカーサーが組織したフィリピンゲリラ軍によってであった。この軍は、むしろアメリカフィリピン軍といっても差し支えない。

このことをさらにフィリピン戦にかぎって考えてみる。

1、殲滅の第一手段は輸送船の撃沈である。これによって我が軍の戦力がほとんど無力化する。食糧も機材も医薬品もなくなる。あとはただ僅かの携行兵器を手にした難民のような軍隊が上陸してくる。

2、上陸部隊は自活の原則から、占領地の収奪を始める。食糧も資材も医薬品も根こそぎ収奪する。労働力も収奪の対象だ。これらは軍票という緩和手段で始まるが、後には強奪となる。

3、占領地の住民は自衛策を講じようとするが、これがマッカーサーの思うつぼである。

その場合、フィリピンの歴史を考慮しておかねばならない(95)。

フィリピンでは有史以来多数の小部族が平和に暮らしていたが、十六世紀のマジェランの発見以来、残虐なスペインの領有収奪に苦しんだ。現在でも地名はほとんどスペイン語である。民衆は想像を絶するほどの貧困に喘《あえ》ぎ、抵抗の精神が培われていった。

十九世紀まで続く独立と反乱と圧政の歴史は、アメリカに引き継がれた。米西戦争では、アメリカの口実はフィリピンのスペインからの独立を支援するというものであった。しかし、和平条約では独立はまったく無視され、アメリカはスペインの主権を引き継ぐという大統領声明をだしたのみであった。

マッカーサーとフィリピン大統領セルジオ・オスメナ(左)

ここにおいてフィリピン人はゲリラ活動を始め、マッカーサーの父アーサーはその弾圧に狂奔した。その形態は今次戦争におけるゲリラ活動と同じで、彼らは民衆と同じ服装で、民衆の中から不意に現われ、不利のときは民衆の中へ逃げ込むというものであった。アメリカは日露戦争後の日本の台頭に対処すべく、戦略拠点であるフィリピンの占有を重視し、次第に宥和政策を取りいれ、昭和十八年頃までに独立を約束していた。

昭和十七年初頭の日本のフィリピン進攻は、ちょうどこのような情勢の時期であった。このため、フィリピンは日本の独立保障を特に有り難がるものではなかった。

それに追い討ちをかけたのが、日本陸軍の糧秣作戦である。陸軍経理学校で教える糧秣学第一頁には、「糧を敵に拠《よ》るは、古来孫子の兵法にして戦いに勝つの要道たり」などと言っている。(96) これではそうでなくても脅迫しているフィリピン人民の協力がえられるとはとうてい思えない。

マッカーサーは父から教えられて、フィリピン民衆の性向を十分良く知っていた。そこで彼は民衆の不満をあおり、組織化し、戦闘資材を潜水艦で補給した。すでに上陸以前からフィリピンには軍区が組織され、日本軍についての情報の供給、輸送の妨害、組織的なサボタージュがなされた。日本軍はアメリカ軍を敵とするだけでなく、住民との戦闘に否応なしに巻き込まれていった。彼らは昔ながらの戦術を使い、住民と同じ服装で、野次馬の姿で、攪乱行動をおこなった。

マニラでは斬り込みの隠密行動を、周囲の住民が大声ではやし立ててアメリカ軍に知らせたりしている。戦闘の最中でも、日本軍のこもった建物のすぐ向かいに煌々と電気をつけて、さんざめいた。ラグナ湖では、海上挺身斬り込み隊が出撃しようとすると、燈火信号で逓伝し、斬り込み隊は待ち伏せによって殲滅されたという。(97) これではゲリラと住民との区別はつかないではないか。

マッカーサーは、マニラを容赦ない無差別砲撃で瓦礫の山と化した。しかも十万のフィリピン人が死んだのは、日本軍の残虐行為のせいだとして、山下大将を始め多くの将校、士官たちを戦犯にして処刑したのである。[98]

4、このように、フィリピンでは、住民による組織的殺戮《さつりく》が日本軍にたいして加えられた。それはビルマ、インドネシア、中国、満州、太平洋諸島嶼とはまったく異なるものであった。日本軍は根こそぎ殺された。この殺戮をまぬかれるためには、死屍累々たる白骨街道を、山中深く食糧もなしにさまよい歩くほかなかった。精鋭を誇った関東軍の部隊でさえ、六ヵ月分の食糧が尽きた時点で、この状態になったのである。

この事実はほとんど指摘されていない。組織化された住民がいかに恐ろしい敵であるか。反対にニューギニアの島々では住民が親切で、自活の方法を教えてくれたお蔭で、生き延びた部隊もあったというが、フィリピンではそうしたことはまったくなかった。

二一九設営隊でも、インファンタ地区では大多数の隊員がアメリカフィリピン軍のために生命を落とした。残念というほかはない。

今日、日本軍の残虐行為が宣伝されている。その実態について調査してみた結果は、実はフィリピンの特殊な歴史との因果関係が浮かび上がってきた。

反対に、アメリカ軍の残虐性についてはまったく論じられない。アメリカ人の回顧録に、時として「胸のむかつく」という表現が出てくるのは、訳語の不自然さだけでなく非道な戦闘方式を耐えられないと思ったことと思う。

コレヒドールで喉の渇いた日本兵が井戸に集まってきたとき待ち構えて殺すなんて、またカバロ島でピットの中に数千ガロンの石油を流し込んで、焼き殺すなんて、そんな鬼畜のようなしわざが許されてよいとは、どうしても思えない。さらにすでに戦力も糧食もなくなって、さまよう白骨街道の将士を、アメリカフィリピン軍をそそのかして、壊滅に持ち込んだということにも、アメリカ軍は罪の意識に苦しまねばならないと思う。
5、航空機、潜水艦、魚雷艇などこの日本軍の窮地を脱却させるべき兵力は、この時点では皆無であった。艦隊、航空機、潜水艦のいずれをとっても我が軍の性能は劣弱で、アメリカ軍の敵ではなかった。
要するに殲滅されたのである。さらにさらに、終戦後、山下将軍や本間中将を絞首刑にしたことも、残虐としかいいようがない。「戦闘行為」だからというためらしい。

アメリカには明確な戦略があり、我が国には戦略的に曖昧さがあった。

以上を考えてみると、いかに軍隊を創設して国家護持の崇高な使命を強調してみても、上に述べた現実に直面した場合いかに対処するか。

ここで軍隊と戦争という面に突き当たる。いいかえたら、軍隊の運用という面である。

まず、われわれは叡智を持って軍隊を育てなければならない。もちろん軍隊が砲爆弾で相手を死傷させることは残虐であり、非人道的である。戦争では、平時には許されない殺人、傷害が罪に問われない。だけれども、もし不法な侵入があった場合にはどうなのか。われわれは平素から準備しておかなければならない。それは侵略せず平和的に外国と協調し、不法な侵入をはねのける気概に満ちたものでなければならない。

ここで叡智という言葉を使ったのは、外国との紛争の際には、危機管理を十分行なって、感情的な暴走を避けること、同様に国内的にもいたずらに独善に陥らず、コントロールのきく機構を練り上げておくことである。

戦前の統帥権の乱用がいかに良識ある意見を圧殺し、批判を封じ込め、優れた外交行為、経済活動、文化事業、思想の発表を抑制したか。その結果、数十名に過ぎない過激な分子にリードされて抑制のきかない戦争への道を突き進んだか。これがY君への答えである。

われわれはその轍を踏んではならないと思う。軍事技術についても、軍独自に閉鎖的に発展させることはもはや不可能である。軍事技術の発展によって科学が進歩したのは昔のことで、今日では科学の発展なくして軍事技術の発展がないことは、湾岸戦争や今次アフガンにおける米国の作戦で証明されている。こうした民間と軍事との間の緊張を孕《はら》んだ状況が、軍隊を育てるうえで必要と思うのである。

我が国は戦後はアメリカの核の傘におさまって平和を享受し、経済的には繁栄を誇ってきた。戦争など愚かしいというのがおおかたの意見である。しかし、上に述べた緊張関係を避けて、我が国の安全保障を、アメリカの若者たちにまかせて平然としていてよいものだろうか。そのことが許されない時期が近づいてきているように思われる。軍隊は武器をもち、死を懼《おそ》れない団体と定義しよう。そのような軍隊が存在し、交戦権を保持することこそが、平和を維持するうえで必要なのである。

いま我が国は、北方領土の問題をロシアとの間にかかえている。もしこの時、日本が軍隊を持っているならば、ロシアの対応はもっと真面目であるだろうと思う。アメリカも沖縄基地の返還を考慮するかも知れない。どちらも戦争に踏み切らなくても可能なのだ。ただし繰り返すが、戦前のような統帥権の野放しは外国に信用されないのでないか。陸軍では参謀本部、海軍では軍令部の存在がいかに日本を誇らしめたかは、すでに数多く指摘されている。どうしても軍は内閣にコントロールされねばならない。

このことを考慮したうえで、自衛隊が憲法九条に対するいい加減な解釈による曖昧な存在ではなく、海外派遣が曖昧な法解釈や小手先の立法によるものでなく、国家護持の大義に誇りをもった国軍となったとき、始めて精強な軍隊となるであろう。

その際にさらに考えておかねばならないことは、戦勝の局面では国家は国民の名誉を守ることは容易であろうが、ルソンの戦いのような敗戦の局面においてもなお国家は国民個々の人間としての尊厳を護るべきであるということである。ルソンの戦闘を例とするならば、そのためには死力を尽くしてインファンタやイバに救出作戦を行なうべきだったのだ。

極限の生存をかけた苛酷な条件の中で、第一線の指揮官たちは弱冠三十歳から四十歳台でよく頑張ったものと思う。厳しい軍律を維持し、戦闘の際にも後退の際にも、彼らの置かれた状況の中で精一杯のことをやっていた。たとえそれが今日から見れば稚拙であったかもしれないし、ときには自分勝手とされたかもしれないし、またおのれを弁護して他を非難する言葉を述べたとしても、義務を果たそうとした切羽つまった心情からであろう。

　これらの尊い兵士たちや軍属たち、また第一線の若手指揮官たちを白骨にして野ざらしにしてよいのかと改めて思う。

　最後に投降の問題を述べる。

　戦局が決定的に不利となって随所に白骨累々としていた時期において、我が軍の中で起こったとしてすこし触れたのは、人間が生存の意欲の中で、書くのも憚《はばか》られる没義道のけだものに落ち込んでいった事件である。こうなる前に投降しても、アメリカ軍なら名誉ある軍人として大切にされるのだ。それが人間の尊厳である。それすらも認めないならば、日本軍は武士道どころか、戦闘の美学どころか、けだものの軍隊という次元に落ちてしまう。

　私はこの一点で、戦争指導者を告発したい。彼らは何のために戦争を始めてしまったのか。この質問はY君への答えではない。私自身の問いなのである。

　敗戦の際の中・下級士官の引責自殺は胸が痛むが、上級指導者の服毒や割腹は腹立たしい。徳性から言えば、潔く極東軍事裁判A級戦犯法廷で日本の立場を述べた東条英機首相や従容として裁判に服した広田弘毅氏は優れた指導者であった。彼らの抱いていた崇高な国家護持の精神を、受け継がねばならないと思う。

　ふたたび言うが、上に指摘した問題にたいし深刻な反省にたち投降も許容したうえで、そして参戦の哲学的な根拠を確立したうえで十分審議を尽くし、誤りない国防の大計が建てられることを祈っている。

最後に今回の調査で判明した結果に基づき、呉市長迫《ながさこ》墓地公園所在呉海軍設営隊顕彰慰霊碑に、二一九設営隊員として従来合祀されていた二百四十二柱に、今回百四十二柱を新たに合祀して戴《いただ》くことが出来た。

またつけ加えたいのであるが、生還した二一九設隊員は私を含めて四名に過ぎなかったが、その人たちの子や孫たちが増えて今は三十名を越している。

いのちの尊さを寿《ことほ》ぎたい。

《註》

（1）この大要については下記の著書を参照されたい。
リバイバル戦記コレクション　証言・昭和の戦争　水本生ほか「燃える特攻基地セブを死守せよ」光人社　p. 305 解説　高野弘

（2）日外アソシエーツ「太平洋戦争図書目録45／94」紀伊国屋書店に多数収録されている。

（3）岡沢裕「三一八海軍設営隊戦記」近代図書株式会社

（4）西田三千男「わが比島戦記」若き海軍技術士官苦闘の記録　褶歌書房

（5）防衛庁防衛研究所戦史室著　戦史叢書　朝雲新聞社
《60》捷号陸軍作戦（2）ルソン決戦
《54》南西方面海軍作戦第二段作戦以降

（6）萱場浩一「秘録マニラ戦闘概報」（非売品）

（7）峰尾静彦「マニラ海軍防衛部隊の悲劇」―太平洋戦争証言シリーズ4「日米戦の天王山フィリピン決戦記」雑誌「丸」１９８６／６など

（8）Lieutenant Perry Reed McMahon "Retaking the Harbor Defenses of Manila and Subic Bays". Coast Artillery Journal July-August, 1945. pp. 4-20

（9）William B. Breuer "MacArthur's Undercover War", John Wiley & Sons Inc., 1995

（10）Bernard Norling "The Intrepid Guerrilas of North Luzon", The University Press of Kentucky 1999

（11）PCLMapCollection(http://www.lib.utexas.edu/Libs/philippines.html) よりダウンロードし、これを基に作図した。

（12）「海軍施設系技術官の記録」（刊行委員会委員長　松本伊之吉）　冒平堂　p. 316

（13）木俣滋郎「日本特攻艇戦史　震洋・四式肉薄攻撃艇の開発と戦歴」光人社　pp. 87-102

（14）文献（12）p. 233 以下

（15）文献（12）p. 264 以下にこの時期の設営隊の活動が詳記されている。

（16）文献（12）第五編海軍設営隊・施設部等一

覧　柳沢一誠編（pp. 692-740）より抜粋

（17）PCLMapCollection(http://www.lib.utexas.edu/Libs/indonesia.html) よりダウンロードし、これを基に作図した。

（18）文献（12）第五編海軍設営隊・施設部等一覧　柳沢一誠編（pp. 692-740）より抜粋

（19）PCLMapCollection (http: //www/lib. utexas.edu/Libs/australia.html) よりダウンロードし、これを基に作図した。

（20）野中郁次郎「アメリカ海兵隊」中公新書 p. 56

（21）生還兵の証言1、雑誌「丸」太平洋戦争証言シリーズ 1986　p. 94

（22）佐用泰司ほか「基地設営戦の全貌」―太平洋戦争海軍築城の真相と反省　鹿島建設技術出版部　pp. 121-131

（23）文献（12）p. 416

（24）文献（12）p. 278

（25）文献（22）p. 99

（26）上述（16）と同様

（27）上述（17）と同様

（28）図－1の原図の一部分を抽出

（29）文献（8）より作成

（30）防衛庁防衛研究所戦史室著　戦史叢書　朝雲新聞社

《2》比島攻略作戦　近藤新治

（31）文献（13）p. 146 ただし設営隊名称には誤りが若干ある。ことに二一九設営隊についての記述は、同書が参照したと思われる（文献22）とあわせて誤りなので、ここで訂正しておきます。（著者には連絡済み）

（32）横穴隠蔽式海岸砲台設計計画並びに実施要領付図第4

（33）文献（13）p. 149

（34）最近の戦記を読むと、山下兵団はルソン島で敵を撃滅する計画だったというので、それを知った師田隊長は、日本の勝利を信じてあのように発言したのかも知れない。

（35）海軍辞令公報甲一六七一号、甲一六七二号

（36）文献（4）p. 44

（37）文献（9）、（10）にゲリラの組織的な撹乱活動とこれに対する日本軍の治安活動が記述されている。この種の文献はアメリカ、フィリピンで数多く出版されているが、わ

（38）が国ではほとんど知られていない。
（39）付表－3参照
（40）防衛庁戦史室にて調査
（41）堂源一氏書簡
（41）高山支隊は撃兵団戦車第二師団機動歩兵第二連隊（連隊長高山好信中佐）、高屋支隊は滑空歩兵第二連隊（連隊長高屋三郎少佐）であった。江口支隊は第十航空地区司令部（司令官江口清助中佐）の五飛行大隊ほかであった。
（42）第二六航空戦隊参謀　海軍中佐吉岡忠一「クラーク地区における海軍部隊の戦闘」昭和24年9月のほか文献（5）（12）を参考とした。なお身分は昭和二十年一月現在である。
（43）文献（42）p. 19
（44）このセクションの記述はやはり文献（42）によっている。
（45）文献（5）《60》 p. 601-602
（46）文献（42）p. 10
（47）堂源一氏書簡では、つぎのように伝えている。「今井少尉2月中旬クラーク西方の山地で砲撃にあい片方のフトモモ（ママ）をやられ、『軍医長脚を切ってくれ。まだ戦える』と言いながら息を引き取った。幡口少尉は、煙弾が隧道中に飛び込んで外に飛び出して戦死した。以上はモンテンルパ（カンルーバンの誤り？）の収容所で聞いた話しです」
（48）文献（3）
（49）同上 p.43
（50）文献（42）p. 14
（51）山中明「カンルーバン収容所物語」光人社　p. 103-133。私が入ったのは第四キャンプで、峰尾静彦少佐と同じテントにいたことを、最近、平松氏より教えられた。
（52）文献（51）p. 132
（53）『拝啓御芳書落手仕り候。貴殿も苦闘のお蔭あり候て山中自活成功被為候いて一月十五日復員仕り候由尚残余隊員並戦死者遺族の為残務整理致さるる由誠に御芳情の程深謝仕り居り候。実は先般失礼の御手紙御送付致し誠に申訳無之候。本隊消息隊員消息知り得る範囲に於て中上可も確実に判明せる者のみ二三人に候間、其の点御含み被下度候。其の後判明次第御通報致してもよろしく候参考の為隊員名簿不肖保管致し居り候。

不肖終戦前一ケ月即ち七月マニラ東北岸イウハンタ（ママ）から十キロ程の地点に於て本隊と共に行動致し居り候

其の後分隊長の承認を得て陸戦隊本部所在地迄一人で一週間以上もかかり到着すべく其の途中山中にて負傷致し候。尚本隊は敵の襲撃を受けて其の後の消息不明に付き其の様に御含み被下度願上候。尚自動車運転手等にて戦死せるものも必ず有之候へ共はっきり名前判明致し兼候に就き申上兼候。

途中省略

尚何等かの方法に依りて面談の機会でもありなば今少し詳細話合わせればお互判明するやも謀り難く候。

余は万々よろしく御願い致し候。　草々不一。

三月六日　井口政一

岩崎敏夫殿

(54)『再復御葉書拝見仕り候。先便のほか不肖在隊中生存者判明せるもののみ概要申し上げ度候 順序不同

隊長 師田庄次　少尉日比野宇三郎　同木下慶治

兵曹長 室屋辰治　技師 梁厚雄　理事生 西田昭

理事生 横山繁雄　同井川庄一　同田村経理

技工士 分園千秋　同菊池照夫　自運山口武 同石原萬

同小林登士男　烹炊 前音吉　同塚本万次郎 同野倉磯松

土工 武田竹治　同 唯石松太郎

判然せるもの以上 あとは判明致し兼ね候

以上御報告申し上げ候 草々万一

戦没月日　戦没状況　官職　氏名

昭和19・12初旬 マニラ、コレヒドール間で公用中船中爆死 記録員・蔵立巌

昭和20・4中旬 インファンタより西10キロの地

点　マラリア　上水・伊藤博亮
昭和20・5中旬　インファンタへ行軍中　マラリア熱　上水・落合輝一
昭和20・6中旬　インファンタより東北十キロの地点　病衰　木工・滝本清一』
(55) 文献（5）《54》pp. 528-532、《60》pp. 269-272
(56) 文献（5）《54》p. 528
(57) 文献（5）《60》p. 269
(58) 文献（30）p. 96
(59) 野中義治「コレヒドール島玉砕記」「平和の礎」軍人軍属短期在職者が語り継ぐ労苦Ⅱ平和祈念事業
(60) 野中義治「コレヒドール島玉砕記」太平洋戦争証言シリーズ11　雑誌丸別冊11号　1986. pp. 340-355
(61) 文献（7）p. 277
(62) 文献（7）p. 276
(63) 文献（7）p. 275-299
(64) 文献（6）pp. 88　以降
(65) 防衛庁防衛研究所図書館資料室、内部資料
(66) 呉海軍設営隊顕彰慰霊碑に関する資料　呉海軍設営隊戦友会、昭和五十一年三月十一日
(67) 付表-1では文官・工員計三四七名であるが、戦友会リストより加わった十名と児島資料中雷撃による戦没者とされていた一名がこの時点で生存していたと思われるので、これを加えて三五八名としたものである。
(68) 文献（5）《54》pp. 528-532 及び 文献（60）第三一八設営隊生存者野中義治氏の手記。第七震洋隊は十二月二十三日の爆発で消滅していた。
(69) 文献（8）pp. 4-11
(70) 文献（8）pp. 13-17
(71) 文献（5）《60》p. 537
(72) 文献（5）《54》pp. 499-500
(73) 文献（7）p. 281・
(74) 文献（6）pp. 88-106
(75) 文献（12）p. 154
(76) 文献（12）p. 418
(77) 文献（4）p. 38
(78) 文献（51）p. 185
(79) 児島襄「マニラ海軍陸戦隊」新潮社

(80) 文献（5）《54》p. 523
(81) 文献（5）《54》pp. 605-607、《54》pp. 555-557、文献（3）
(82) 文献（42）
(83) 小川哲郎著「北部ルソン戦　前編」現代史出版会／徳間書店　p. 199
(84) 赤松信乗著「特攻基地の墓碑銘」双葉文庫
(85) 清水邦彦「万骨枯る―海軍三〇一一設営隊フィリピン戦線飢餓行記」開成出版
(86) 本部、第三中隊の下士官三名は部下の兵数名と従軍看護婦数名をつれて、アシン渓谷まで辿り着いたという。また設営隊長新井技大尉も四月二十四日に平松技少尉と合流している。
(87) 文献（12）p. 157
(88) 文献（4）p. 162
(89) この項、岡本氏の書簡で補足する。「部落の畑等への食糧調達の際には近くの友軍の兵を糾合し二十名ほどで行動した。しかし投降後の捜索では小屋はすべて裳抜けの殻だった。彼らの消息は不明という。米軍に収容されてからジープで首実検のため巡ったが、比島人は好意的で『この男は悪い奴だ』という申告は一件もなく、飛行場で働いたことのある青年からは、煙草や食物の差し入れまでしてくれた」
(90) 文献（12）p. 432
(91) ジョン・ダワー「敗北を抱きしめて」上・下　岩波書店　全巻に連合国進駐軍の占領時政略と被占領下のわが国の対応が好意的に述べられている。
(92) 堀元美・岡部安雄「連合艦隊の生涯」㈱朝日ソノラマ　pp. 171-174　昭和17・8・7第一次ソロモン海戦　このとき重巡鳥海以下八隻の日本艦隊は、敵艦隊重巡四隻撃沈、重巡一隻、駆逐艦二隻大破の圧倒的勝利であった。しかし、輸送船団にたいし全く攻撃をおこなわず、ガダルカナルの敗退を防げなかった。この時は敵のレーダーはまだ島と艦船との識別が出来ず、また米空母もいなかったので従来型の海戦だった。しかし、その直後からレーダーの性能が飛躍的に向上し、日本艦隊は米艦隊の敵ではなくなり、制空権制海権を失い、レイテ戦のころは、本書に描いたような悲惨な陸戦を招来してしまった。

(93) 文献(20) p. 24 アメリカでは一九二一年、ワシントン会議の直後、すでに太平洋の日本委任統治領の諸島嶼を保有する日本海軍の優位性に対し、これらを奪取するための海兵隊の戦略が着目され、対日戦略計画オレンジプランの基本原理が建てられていたという。この作戦においては水陸両用作戦の概念が提言され、早くも水中破壊、海岸設営隊、艦砲射撃、航空爆撃支援、信号隊の提言があったという。日本の大艦巨砲主義がいかに拙劣だったか。目を蔽うばかりである。

(94) 「新しい歴史教科書」(市販本) 扶桑社 pp. 257-258

(95) 守川正道著「フィリッピン史」同朋舎

(96) 金井英一郎著「Gパン主計ルソン戦記」株式会社 文芸春秋 p. 184

(97) 儀同保「ルソンの碑《いしぶみ》」光人社 p. 115-130

(98) 佐藤操著「恩讐を越えて―比島B級戦犯の手記」日本工業新聞社

《付表》

付表－1　文官・工員構成表（昭和19年12月現在）

技師	1	技手	2	理事生	4	技工士	7
記録	4	烹炊	10	製図工	1	測量工	2
土工	181	自運	16	電工	3	板金工	2
木工	36	機運	9	鍛冶工	2	旋盤工	3
鳶工	21	自修	4	鉄工	2	製材工	2
隧道工	16	機組	3	鍛工	1	潜水工	3
左官	2	アスファルト工	1	溶接工	1	機修工	2
石工	4	水道工	1	仕上げ工	1		
小計	265	小計	46	小計	15	小計	21
			合計	347			

付表－2　下士官兵構成表（昭和19年10月現在）

兵種									計
水兵科	兵曹長1	上曹2	一曹1	二曹4	水兵長1	上水7	一水13		29
機関科	機曹長1	上機曹1		二機曹1		上機3			6
工作科			一工曹1		工兵長1	上工2	一工5	二工8	17
技術科				二技曹2					2
衛生科			一衛曹1		衛兵長2	上衛1	一衛2		6
主計科			一主曹1	二主曹1	主兵長1	上主1	一主1		5
合計	2	3	4	8	5	14	21	8	65

付表－3　村山隊幹部人名簿

（著者を除く、また西、柴崎両氏は客員にて臨時配属）

氏名	官職名	住所	戦没状況	
村山　宏	技少佐	東京都	20/6/10	スラ南方にて斬りこみ、以後行方不明
天野芳郎	技手	広島県	20/5/14	オードネル付近、住民と会敵、応戦中被弾
西川政治	書記	広島県	20/9/8	マヤントク西方、住民に襲撃される
宍戸要治	技手	福島県？	20/4/22	内地工員（下表）とともに分散、イバに向かいたるも行方不明
浅田　某	技手	広島県	20/3/17	ピナツボ山中芋畑に残留希望、以後行方不明
西　　滋	技中佐	東京都	20/3/10	ピナツボ東にて自決
柴崎敏行	技少佐	東京都	20/5/20	オードネル付近、分散後行方不明

付表－4　村山隊内地工員名簿

氏名	職種	住所	氏名	職種	住所	氏名	職種	住所
和田義盛	記録員	大分県	永井元次郎	木工	愛知県	薗部辰吉	土工	福島県
藤原安雄	木工	兵庫県	秋山礼次	土工	東京都	豊田伊助	土工	埼玉県
中村三男	木工	広島県	溝口秋治	土工	神奈川県	島袋二郎	鳶工	大阪市
高橋源一雄	木工	広島県	武蔵清春	土工	岩手県	瀬波三郎	鳶工	大阪市
小倉錬一	木工	岐阜県	永田　勇	鍛冶工	東京都	柿本兼一	土工	島根県
神谷三郎	木工	名古屋市	内田利男	土工	京都市	中村源四郎	土工	兵庫県

付表－5　219設営隊下士官兵名簿

戦死年月日	扶養家族人数	特進後の官職	氏名	給与受取人住所	記事
20.5.20（靖国神社調べ）	5	中尉	日比野宇三郎	愛知県	20.5.1 少尉任官
20.5.15	6	少尉	木下慶治	兵庫県	
20.7.2	3	少尉	室谷辰治	山口県	20.9.1 兵曹長任用
20.3.10	0	兵曹長	安藤穣二	愛知県	
20.7.25	0	兵曹長	北川東吉	三重県	20.5.1 上曹任用
20.6.8	2	機曹長	平尾三男	岡山県	
20.7.13	1	工曹長	勝部房一	島根県	20.5.1 上工曹任用
20.5.20	8	主曹長	森永利雄	広島県	20.5.1 上主曹任用
20.7.10	0	衛曹長	松井盛雄	愛知県	20.5.1 上衛曹任用
20.5.20	4	上曹	井出末一	兵庫県	20.5.1 一曹任用
20.7.28	4	上曹	鷲見猛鷹	岐阜県	
20.7.15	8	上曹	那須谷蔵	和歌山県	
20.6.10	0	上機曹	田中松男	兵庫県	20.5.1 一機曹任用
20.5.21	7	上主曹	吉田梅治	岡山市	20.5.1 一主曹任用
20.5.18	0	上技曹	上原弘明	徳島県	20.5.1 一技曹任用
20.5.8	0	上技曹	近森秀夫	広島市	
20.7.10	4	一曹	梅本政助	三重県	20.5.1 二曹任用
20.5.20	0	一曹	塩村　勝	広島県	

20.7.3	6	一主曹	丹司良典	堺市	20.5.1 二主曹任用
20.7.5	0	一工曹	中村慶治	大阪府	
20.4.27	0	一衛曹	南　貞夫	和歌山県	
20.5.24	0	二曹	掘次虎治	大阪市	
20.5.27	8	二曹	谷口実之助	三重県	
20.6.20	0	二曹	山内捨吉	福井県	
20.8.12	0	二曹	山内正治	和歌山県	
20.8.19	0	二曹	山野井一行	兵庫県	
20.5.10	3	二曹	近藤邦彦	愛知県	
20.8.8	1	二曹	坂本　晃	島根県	
20.8.10	4	二機曹	滝山安信	和歌山市	
20.6.15	0	二機曹	児玉正一	岡山県	
20.7.25	4	二機曹	鈴木伊八	和歌山県	
20.7.10	0	二工曹	中井辰雄	兵庫県	
20.6.13	4	二工曹	岡田清吉	和歌山県	
20.6.8	0	二主曹	草本勝彦	島根県	
20.5.10	0	二衛曹	小見山貞昌	岡山県	
20.8.7	0	二衛曹	薮内正一	奈良県	
20.5.10	0	水兵長	石田敏夫	大阪府	
20.5.20	0	水兵長	伊藤博亮	山口県	
20.5.24	5	水兵長	原田敏雄	岡山県	
20.7.17	2	水兵長	茶中浩治	大阪市	
20.5.10	0	水兵長	落合輝一	和歌山市	
20.5.22	4	水兵長	奥本軍一	広島県	
20.6.11	3	水兵長	辻崎信一	高槻市	
20.5.10	3	水兵長	牛江幸次郎	三重県	
20.5.14	10	水兵長	山根市蔵	鳥取県	
20.5.4	0	水兵長	山本信雄	山口県	
20.6.12	5	水兵長	易田　章	広島県	
20.6.1	3	水兵長	福島亀石	三重県	
20.7.23	9	水兵長	佐々木政重	山口市	
20.8.21	0	工兵長	猪股定一	山口県	
20.7.4	0	工兵長	永見正雄	島根県	
20.7.16	0	工兵長	信時親男	三原市	
20.6.4	0	主兵長	野倉磯松	岐阜県	
20.3.8	0	衛兵長	家泊　清	大阪府	
20.5.23	0	衛兵長	岡田正一	萩市	
20.5.20	0	技兵長	谷川康一	愛知県	
20.5.23	4	技兵長	坂本三二	兵庫県	
20.7.18	7	技兵長	井上　一	愛知県	

20.8.7	7	技兵長	大西周治	兵庫県	
20.5.4	2	技兵長	佐々木吉友	長野県	
20.6.11	1	技兵長	横井久太郎	兵庫県	
20.6.8	5	技兵長	南部喜助	吹田市	
19.11.4	3	一工	佐藤　広	名古屋市	
19.11.4	4	一工	清水惣吉	神戸市	
19.11.4	0	一工	吉村謙二	明石市	

付表－5（2） 下士官兵構成表（終戦時戦死の為特進後）

兵種								計
水兵科	少尉2	兵曹長2	上曹3	一曹2	二曹7	水兵長13		29
機関科	機中尉1	機曹長1	上機曹1			二機曹3		6
工作科		工曹長1		一工曹1	二工曹2	工兵長10	一工3	17
技術科			上技曹2			技兵長7		2
衛生科		衛曹長1		一衛曹1	二衛曹2	衛兵長2		6
主計科		主曹長1	上主曹1	一主曹1	二主曹1	主兵長1		5
合計	3	6	7	5	15	26		65

付表－6 第219設戦没者名簿その一
水没工員
昭和19年11月4日ルソン島西岸タンボボ沖にて輸送船香久丸雷撃沈没時

（空欄は不祥）

職名	氏名	出身地	職名	氏名	出身地	職名	氏名	出身地
木工	伊藤正倫	兵庫県	土工	吉村民治	島根県	木工	明石熊一	大阪府
鳶工	坂尾春次	大阪府		竹本　昇		木工	沢井義一	大阪府
	笹本実		石工	大木栄寿	兵庫県	土工	木村光三郎	滋賀県
土工	長谷川吉三郎	岡山県		柳村平一		水道工	岸本紋一	三重県
	張　徳子	三重県	土工	山口利男	大阪府	木工	水戸　亀	広島県
木工	金田聖道	慶尚南道		山本愛之助		土工	清水英男	大阪府
土工	金田萬壽	三重県	機組	山本重太	大阪府	自運	平本忠	兵庫県
	加納　修	兵庫府		安原銀二		機組工	守田春雄	京都府
木工	川崎忠義	岡山県	土工	松井義雄	大阪府			
	金元在辰		土工	松本昌人	大阪府	合計	28柱	

付表－7　第219設戦没者名簿その二
昭和20年2月24日ルソン島マニラ湾ロコレヒドール島またはカバロ島にて玉砕

職名	氏名	出身地	職名	氏名	出身地	職名	氏名	出身地
機運	石山一郎	慶尚南道	土工	岡谷房雄	滋賀県	土工	藤田健一	三重県
土工	西道隆四郎	三重県	土工	小川善次	三重県	土工	藤原金次郎	慶尚南道
土工	保海新治郎	滋賀県	土工	小野　白	岡山県	土工	札場義一	奈良県
自修工	豊山昌平	兵庫県	土工	小元寿男	岡山県	土工	福原智恵人	島根県
技手	角谷香夫	三重県	土工	小倉孝一	岐阜県	自運工	小林忠盛	山梨県
製図	金子康雄	兵庫県	土工	小本愛之祐	岡山県	鳶工	小林鶴一	奈良県
木工	河合久太郎	東京都	土工	小山諏訪男	新潟県	土工	寺見　均	岡山県
木工	菅　一義	愛媛県	技工士	倉員　清	福岡県	鐵工	秋信　積	広島県
木工	金丸三郎	岡山県	鳶工	窪島幸村	山形県	木工	浅田喜一	新潟県
鳶工	河本達元	慶尚北道	鳶工	倉光正中	全羅北道	土工	合田政太郎	北海道
土工	河田惣次	兵庫県	土工	黒田　清	兵庫県	記録員	桜井　弘	島根県
土工	金森　茂	山梨県	土工	久保田卯一	京都府	鐵工	佐伯左近	広島県
土工	亀山安男	岡山県	土工	久保田茂重	山形県	木工	酒井新花	愛知県
土工	香山吾燠	三重県	土工	黒田俊夫	三重県	土工	宰相精一	岡山県
土工	川原勇雄	京都府	土工	久保　弘	和歌山県	土工	佐尾山保之	徳島県
土工	神林　勉	三重県	鐵工	山下義一	広島県	土工	酒本彦一郎	大阪府
土工	角茂定治	岐阜県	機運	八重梅隆一	長崎県	自運工	木村一郎	愛知県
土工	吉田栄造	兵庫県	木工	山根七五郎	島根県	土工	菊地東一郎	岩手県
木工	田中忠勝	長野県	鳶工	山本武光	忠清北道	土工	岸間繁春	大阪府
隧道工	都籐　太	兵庫県	土工	弥田利加三	静岡県	土工	北中吉太郎	大阪府
土工	士江金一	島根県	土工	山下桂太郎	三重県	土工	宮本広助	長崎県
土工	坪田良次	京都府	土工	山本東一	静岡県	旋盤工	新上健一	兵庫県
技手	中塔太郎	広島県	土工	山本秀雄	愛知県	木工	塩飽　猛	岡山県
土工	中山忠男	岡山県	土工	山下正則	高知県	鳶工	菖蒲秀三郎	奈良県
土工	野村房吉	大阪府	土工	前田定吉	三重県	土工	清水宇一郎	愛知県
左官	岡崎　功	岡山県	土工	前田吉松	滋賀県	自運工	平林俊彦	石川県
土工	落合忠実	三重県	土工	増田隆志	岡山県	土工	比嘉松吉	沖縄県
土工	小山重夫	大阪府	電工	藤原孫一郎	滋賀県	鳶工	森　順市	三重県
土工	岡本原助	慶尚南道	烹炊	藤沢留太郎	兵庫県	隧道工	森岡信悦	山形県
土工	瀬名波執跡	沖縄県	土工	水津岩之丞	島根県			
隧道工	末吉政雄	鹿児島県	土工	杉本初一	三重県	合計	91柱	

付表－8　第219設戦没者名簿その三
昭和20年6月20日ルソン島インファンタにて戦没　合計　14柱

職名	氏名	出身地	職名	氏名	出身地	職名	氏名	出身地
左官	橋本友暖	岡山県	土工	谷口虎雄	和歌山県	烹炊	大柴新治郎	大阪府
土工	袴田織太郎	静岡県	機運	根兵清隆	兵庫県	烹炊	奥田重一	京都府
土工	林　正一	岐阜県	機運	長船春雄	兵庫県	木工	山崎利夫	高知県
機運	田中賢三	三重県	機運	仲島正雄	兵庫県	烹炊	近藤庄吉	兵庫県
土工	田中栄次	岐阜県	土工	野呂始雄	三重県			

付表－9　第219設戦没者名簿その四
昭和20年7月1日ルソン島インファンタにて戦没　合計　12柱

職名	氏名	出身地	職名	氏名	出身地	職名	氏名	出身地
機組	今井常蔵	兵庫県	土工	富田又男	岡山県	機修	長瀬正夫	愛知県
木工	今西徳松	大阪府	木工	笠井新一郎	島根県	木工	中村　覚	広島県
機修	針谷竹一郎	栃木県	機組	田和　了	大阪府	木工	坂田　勇	兵庫県
自修工	東原福一	愛知県	自修工	中　時郎	三重県	機組	三村　薫	岡山県

付表－10　第219設戦没者名簿その五
昭和20年7月8日ルソン島インファンタ北方にて戦没　合計　84柱

職名	氏名	出身地	職名	氏名	出身地	職名	氏名	出身地
自運工	石原　万	兵庫県	技工士	豊永保次	福岡県	鳶工	梶本昇	徳島県
木工	石川安市	大阪府	土工	戸田　猛	岡山県	土工	川上政男	岡山県
鳶工	石川佐内	愛知県	土工	戸川隆代	三重県	土工	川上寅蔵	滋賀県
石工	池田常夫	兵庫県	土工	泊弥三郎	三重県	理事生	横山繁雄	大阪府
隧道工	井上元治郎	兵庫県	土工	豊山鐘栄	大阪府	理事生	田村経坦	島根県
土工	市橋保夫	和歌山県	自運工	尾本吉一	大阪府	木工	高柳高義	東京都
土工	伊丹隆常	徳島県	自修工	大島松次	慶尚北道	鳶工	高木碩夫	広島県
土工	石野貞一	三重県	土工	渡辺八六	三重県	土工	高井芳太郎	滋賀県
自運工	蜷川秀三郎	大阪府	舗装工	川上　操	千葉県	土工	高橋正美	三重県
土工	二宮　寛	三重県	自運工	鎌野義雄	大阪府	土工	高山　勝	三重県
土工	竹内憲二	三重県	土工	太田　清	山口県	自運工	河野四五六	広島県
土工	谷　駒次郎	三重県	土工	大平益次郎	和歌山県	自運工	小林勝江	茨城県
土工	高野行雄	大阪府	土工	奥村和吉	三重県	自運工	小林登志男	大阪府
土工	高崎　進	滋賀県	土工	小川忠雄	三重県	土工	青木甚之助	滋賀県
烹炊	塚本万治郎	高知県	自運工	久保田正治	山口県	土工	天白　渕	三重県
土工	辻　富次郎	滋賀県	土工	倉田四郎	三重県	自運工	斎藤利雄	茨城県
自運工	中村金吾	岐阜県	自運工	山口　武	神奈川県	自運工	佐川隆夫	三重県
土工	中川初次郎	三重県	石工	山本捨止	三重県	石工	佐野実郎	三重県

土工	中山義明	慶尚北道	土工	山北繁雄	岐阜県	土工	澤田友吉	滋賀県
土工	中井秀人	三重県	土工	山本源二郎	三重県	土工	北川辰雄	滋賀県
?	南茂定治	岐阜県	木工	松原虎市	島根県	鳶工	宮下昌信	愛知県
土工	村田徳一	三重県	鳶工	松本金作	福島県	土工	宮本　正	大分県
鳶工	内田秋太	広島県	土工	前田文代	滋賀県	土工	清水金太郎	三重県
烹炊	海下富三郎	奈良県	土工	松島栄一	三重県	烹炊	広重輝夫	山口県
土工	宇田庄一	滋賀県	土工	松永長吉	三重県	土工	森岡静香	三重県
木工	小野寺　工	宮城県	土工	松本惣四郎	三重県	?	関谷房雄	滋賀県
石工	岡松　弘	兵庫県	製材工	藤田庄八	広島県	木工	鈴木茂一	千葉県
烹炊	岡坂伊勢克	大阪府	自運工	福中健治	和歌山県	土工	杉内喜三郎	島根県

付表-11　第219設戦没者名簿その六
昭和20年7月10日ルソン島インファンタ北方にて戦没　合計　92柱

職名	氏名	出身地	職名	氏名	出身地	職名	氏名	出身地
理事生	井川庄一	大阪府	土工	川崎克巳	島根県	隧道工	小原　巌	山形県
木工	今西貞裕	兵庫県	潜水工	吉村忠次郎	静岡県	土工	太田頼次	岡山県
鳶工	飯田捨二郎	千葉県	土工	吉田　茂	岡山県	土工	大西才太郎	三重県
鳶工	稲葉善吉	東京都	鳶工	竹内武造	滋賀県	土工	小川芳太郎	滋賀県
土工	石川重二	東京都	鳶工	田村庄二郎	奈良県	木工	倉本与三次	岡山県
土工	池田照彦	滋賀県	土工	高木清一郎	三重県	木工	安田隆一	岡山県
潜水工	橋本　透	和歌山県	土工	滝本節蔵	三重県	木工	山川勝一	岡山県
木工	橋本圭介	大阪府	土工	只石松太郎	富山県	隧道工	矢野英雄	高知県
隧道工	畑中伊三郎	大阪府	土工	田中喜六	香川県	隧道工	矢部良友	岡山県
土工	林　徳次	三重県	土工	高岡数雪	香川県	隧道工	山崎春已	広島県
鳶工	二川　実	香川県	土工	谷口定次郎	滋賀県	土工	山本幸三郎	三重県
技工士	北条憲四郎	広島県	理事生	西田　昭	広島県	?	山川善次	三重県
潜水工	戸部清一	千葉県	旋盤工	南條一雄	大阪府	板金工	牧七良兵衛	滋賀県
土工	富田喜助	三重県	旋盤工	中川清志	富山県	木工	松下五月男	大阪府
鍛冶	岡本末光	広島県	土工	仲　光次	和歌山県	木工	間崎　強	島根県
測量	大島東根	全羅南道	土工	中川仙太郎	滋賀県	烹炊	前　音吉	福井県
土工	渡辺長平	三重県	木工	宗色悦男	三重県	土工	前田丑蔵	三重県
溶接工	梶原　弘	鹿児島県	?	植田隆志	岡山県	土工	松岡文一	三重県
製材工	川上　武	広島県	隧道工	野々村忠助	岐阜県	土工	松宮貞一郎	大阪府
木工	金沢一郎	兵庫県	土工	野田啓蔵	滋賀県	土工	松本松太郎	滋賀県
木工	上甲止一	広島県	技工士	岡本嘉之	広島県	土工	松井藤次	三重県
隧道工	角畑忠義	香川県	機運	岡田幸太郎	香川県	技工士	分園千秋	広島県
土工	角　節雄	鳥取県	木工	尾崎秀雄	香川県	仕上工	藤井喜三郎	愛媛県
鳶工	藤岡源吉	岡山県	土工	寺田正美	大阪府	土工	北尾廣治	滋賀県
土工	藤川政一	岡山県	仕上工	澤田幸一	奈良県	隧道工	溝下光夫	広島県
土工	藤田九十郎	三重県	機運	坂　甚之助	三重県	隧道工	重藤茂登	広島県

隧道工	駒沢信雄	高知市	技工士	菊地照夫	福岡県	土工	渋谷　隆	島根県
隧道工	近藤基蔵	香川県	木工	菊田勘一	広島県	隧道工	平吉林三	広島県
土工	小幡政意	栃木県	土工	岸江六良	三重県	技工士	森　夏雄	福岡県
土工	駒田竹四	三重県	土工	北川才一	滋賀県	土工	杉村正和	石川県
鳶工	寺岡芳郎	岡山県	土工	北村銀蔵	三重県			

付表－12　第219設戦没者名簿その七
昭和20年7月20日ルソン島インファンタ北方にて戦没　合計　46柱

職名	氏名	出身地	職名	氏名	出身地	職名	氏名	出身地
土工	石田未三郎	広島県	土工	和藤惣太郎	三重県	土工	桶谷省五郎	石川県
土工	池田安太郎	和歌山県	木工	加見益男	三重県	土工	大本利八	岡山県
土工	池本直一	兵庫県	土工	香川慶四郎	愛媛県	土工	小田虎雄	島根県
土工	板野万吉	岡山県	土工	横山和四郎	岡山県	電工	桑田魁三	広島県
記録員	花岡　満	島根県	土工	吉本正義	香川県	土工	山城勝人	広島県
土工	服部宗次	三重県	土工	田中一夫	兵庫県	土工	前堀　恵	香川県
土工	浜畑健四	鹿児島県	土工	醍醐徳司	千葉県	土工	真壁達造	大阪府
土工	浜松幹平	三重県	土工	高橋誠太郎	三重県	土工	藤沢正治	岡山県
土工	西川義広	鳥取県	土工	種村庸二	島根県		藤井弥一郎	滋賀県
水道工	細見貞一	兵庫県	測量	鶴山慶俊	慶尚南道	木工	赤木　豪	岡山県
土工	別府　守	三重県	烹炊	筒井貞男	長崎県	土工	赤井主一郎	兵庫県
土工	土居為一	香川県	?	土江金市	島根県	土工	木下長太郎	香川県
土工	土井貞一	広島県	土工	中村修次郎	大阪府	機運	宮城英俊	兵庫県
土工	砥堀武夫	兵庫県	木工	上地貞俊	三重県	土工	広沢誠一	岡山県
土工	豊岡良雄	岡山県	土工	植田安次郎	大阪府			
土工	沼倉慶助	宮城県	木工	大久保伝一	和歌山県			

付表－13　第219設戦没者名簿その八

戦死年月日	名前	出身地	戦死年月日	名前	出身地
昭和19.11.28	山谷徳右衛門		20.6.10	高木吉変	愛知県
19.12.20	蔵立　巌	滋賀県	20.6.14	滝本清一	大阪府
20.1.6	金田大鳳		20.7.11	本宮安夫	山口県
20.2.6	坂東宗次		20.7.18	武田竹治	山形県
20.2.27	土井与太郎		20.7.24	坂下宗一	静岡県
20.3.2	松浦竜三		20.7.30	川村文一	三重県
20.3.18	宮田四郎		20.8.10	梁　厚雄	広島県
20.4.16	安原甚吉		20.8.20	小塚信雄	大阪府
20.6.3	中村音五郎	愛媛県	合計		計　17柱

単行本　平成十四年六月　光人社刊

NF文庫

ルソン海軍設営隊戦記

二〇一七年二月十三日　印刷
二〇一七年二月十九日　発行
著　者　岩崎敏夫
発行者　高城直一
発行所　株式会社潮書房光人社
〒102-0073　東京都千代田区九段北一-九-十一
振替／〇〇一七〇-六-五四六九三
電話／〇三-三二六五-一八六四(代)
印刷・製本　図書印刷株式会社
定価はカバーに表示してあります
乱丁・落丁のものはお取りかえ
致します。本文は中性紙を使用

ISBN978-4-7698-2994-2　C0195
http://www.kojinsha.co.jp

NF文庫

刊行のことば

第二次世界大戦の戦火が熄《や》んで五〇年――その間、小社は夥しい数の戦争の記録を渉猟し、発掘し、常に公正なる立場を貫いて書誌とし、大方の絶讃を博して今日に及ぶが、その源は、散華された世代への熱き思い入れであり、同時に、その記録を誌して平和の礎とし、後世に伝えんとするにある。

小社の出版物は、戦記、伝記、文学、エッセイ、写真集、その他、すでに一、〇〇〇点を越え、加えて戦後五〇年になんなんとするを契機として、「光人社NF（ノンフィクション）文庫」を創刊して、読者諸賢の熱烈要望におこたえする次第である。人生のバイブルとして、心弱きときの活性の糧《かて》として、散華の世代からの感動の肉声に、あなたもぜひ、耳を傾けて下さい。